SHIKAMARU
HIDEN

NARUTO -ナルト-

シカマル秘伝

SHIKAMARU HIDEN

闇の黙《しじま》に浮ぶ雲

岸本斉史
矢野隆

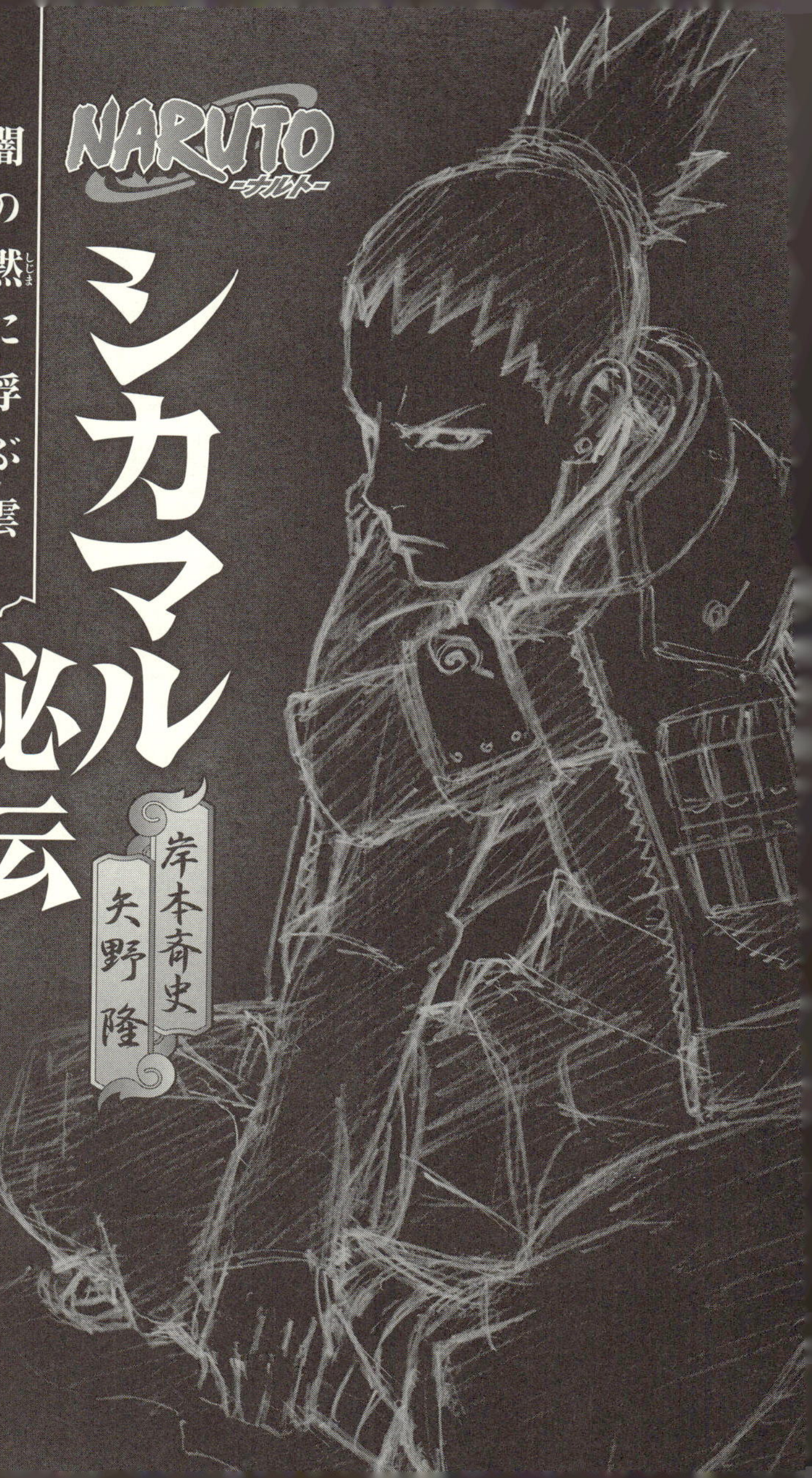

目次

人物紹介

山中《やまなか》いの
木ノ葉隠れの里の忍
奈良《なら》シカマル
木ノ葉隠れの里の忍
秋道《あきみち》チョウジ
木ノ葉隠れの里の忍
はたけカカシ
六代目火影
テマリ
砂隠れの里の忍
うずまきナルト
木ノ葉隠れの英雄
サイ
木ノ葉隠れの里の忍
朧《ロウ》
木ノ葉隠れの暗部
鏃《ソク》
木ノ葉隠れの暗部
ゲンゴ
黙《しじま》の国の首領

木ノ葉

一

いつ頃からだろうか、「めんどくせー」と言わなくなったのは……？

青空を見あげ、シカマルはそんなことを考えていた。

風はそれほど強くないのに、細い雲がつぎからつぎへと視界を通り過ぎてゆく。その慌《あわ》ただしさが、まるで自分の心のようだとシカマルは自嘲《じちよう》ぎみに笑った。

とにかく忙《いそが》しい。

第四次忍界大戦《にんかいたいせん》から二年あまりの時が過ぎ、世界はようやく落ち着きを取り戻しはじめている。大戦勃発《ぼつぱつ》とともに生まれた五影《ごかげ》同盟は依然《いぜん》として継続され、忍《しのび》の世界は劇的なまでに変わった。

五つの隠れ里の間で発足《ほつそく》した同盟であったが、大戦以降、近隣の小国もつぎつぎとこれに参加を表明。いままでは同盟から連合へと発展した組織に、大陸全土の忍が参加している。

連合が発足するまではそれぞれの里が各自で請《う》け負《お》っていた仕事は、連合に一括《いっかつ》して入ってくるようになった。そして連合に加盟する各里の忍代表が協議をし、それぞれの里に割りふられる。こうして仕事を安定確保できるようになったことで、各里の格差は是正《ぜせい》され、忍の世界はようやく安寧《あんねい》の時代を迎えようとしていた。

「はぁ……」

溜息《ためいき》が空に溶けてゆく。

石造《いしづく》りの冷たい床に寝転がっているせいで、背中がやけに冷えた。このままだと風邪《かぜ》をひくかもなどと思いながらも、それでも起き上がらないのには理由がある。

仕事が待っている。

洒落《しゃれ》にならない量の仕事だ。

だからふんぎりがつかない。

束《つか》の間《ま》の休息と思えばこそ、こうして昼の日中から寝転がっていられるが、一度身体《からだ》を起こしてしまえばそうもいかない。すぐに頭が仕事モードに切り替わる。そうなってしまえばもう二度と寝転がることができないのが自分でもわかっていた。だから意地になって寝転がりつづけている。

誰かが探し当ててくれぬかぎり、こうしているつもりだった。

火影《ほかげ》屋敷の屋上にいる。

円形の屋根の向こうに代々の火影の顔が刻《きざ》まれた岩山が見えていた。左から順に初代の柱間《ハシラマ》、その弟の扉間《トビラマ》。大蛇丸《オロチまる》の木《こ》ノ葉《は》崩《くず》しによって死んだ三代目・ヒルゼンと、黄色い閃《せん》光《こう》と呼ばれた波風《なみかぜ》ミナトがつづく。五代目は大蛇丸や自来也《じらいや》と並ぶ伝説の三忍の一人、綱《ツナ》手《デ》だ。

ここまでが歴代の火影である。

そしていま現在の火影である男の顔が綱手の隣《となり》にあった。

針金のような髪の毛の下に眠たそうな目。鼻筋が通った整った顔立ちの下半分がマスクで覆《おお》われている。

火影は木《こ》ノ葉《は》隠《がく》れの里の象徴だ。すべての木ノ葉の忍が認めた者でなくてはなれない存在である。その顔を刻んだ記念すべき顔岩であるというのに、男の顔の下半分がマスクで隠れているのだ。

はたけカカシ……。

いまの火影の名だ。

第四次忍界大戦を終息に導《みちび》いた二人の英雄の師として忍の世界では知らぬ者はいない男

である。しかしシカマルにとっては、カカシもその二人の英雄もあまりにも身近な存在すぎて、騒がれていることに実感が湧《わ》かない。英雄だ伝説だと言われて持《も》て囃《はや》されてはいるが、実際の三人はとてもそんな言葉がしっくりくるような者たちではなかった。

カカシはやる時はやる男だが、日頃はやる気がまったくない駄目《だめ》な大人《おとな》だ。

英雄と呼ばれる二人にしてもそう。

一人は底抜けのバカ。そしてもう一人は底抜けの強情者《ごうじょうもの》。どちらも救いようがない。それでも〝生きた伝説〟だというのだから、世の中というものはわからない。

「なにしてんだオレは……」

想《おも》いが自然と口からこぼれ出した。

シカマルは決して英雄なんかにはなれないタイプだ。第一なろうとも思っていない。忍術の腕をみがきバリバリの実務派になりたいかといえばそれも違う。医療忍術を学んで後方援護のスペシャリストになりたいとも思わないし、算用や弁術《べんじゅつ》をきたえて能吏《のうり》になりたいかといえばそれも違う。

なにごともそれなり……。

それがシカマルの夢だった。

それなりのランクの忍としてそれなりの任務をこなし、それなりの嫁をもらいそれなりの子供と暮らす。そしてそれなりの老後……。

なんとなく一日がなにごともなく終わる。

それ以上の幸せがあるだろうか？

ないと思う。

天気が良い日はこうやって寝転がって空を見ながら、流れる雲の行方《ゆくえ》に思いを馳《は》せる。雨の日は将棋《しょうぎ》の駒《こま》を相手に一杯やる。誰からも期待されず、妙なプレッシャーもない。ストレスなんか感じることもない。

なんという素晴らしい人生だろうか。

「かはぁ……」

腹の奥底からにじみ出るような重い重い溜息だった。

〝現実〟というモノはなんと手強《てごわ》い敵なのだろうか。

敵が同じ人間ならば、かならず勝てる目がある。それが神のような存在だとしても、実体さえあればどこかに隙《すき》があるはずだ。実際、先の大戦で敵となった者たちはどれも化け物じみた存在だった。それでもシカマルたち忍は力を結集し、打ち勝ったではないか。

実際の敵には勝てる。

しかし……。

現実という実体のない敵にはどうしても勝てない。

望むと望まざるとにかかわらず、現実は非情なまでにシカマルをあらぬほうへと運んでゆく。〝それなり〟を望んでいたはずのシカマルは、いまや忍連合になくてはならぬ存在だ。各国の大名《だいみょう》や民《たみ》からもたらされる仕事の依頼をAからDランクに大別し、各里の特徴を鑑《かんが》みて、どの里に適当なのか割り当てる作業やら、主要五大国間の様々な交渉ごとの折衝《せっしょう》。果ては老《お》いた土影《つちかげ》の将棋の相手まで、なんでもこなす。

〝忍連合に木ノ葉隠れのシカマルあり〟

そんなことを言う者もいる。

目立ちたくない出世したくないと抗《あらが》えば抗うほど、周囲に押し上げられてゆく。

間違いのはじめは中忍《ちゅうにん》選抜試験だ。

五大国をはじめ、近隣小国の下忍《げにん》たちまでもが集まった中忍試験。木ノ葉隠れの里の抜《ぬ》け忍《にん》、大蛇丸の暗躍や三代目火影の死という波乱のなか、なぜかシカマルだけが中忍への昇格を許された。

唯一《ゆいいつ》の合格者である。

なにをしたという訳《わけ》ではない。

一対一の対戦という試験の時、バカでかい扇子《せんす》で大風を起こす小生意気なくノ一相手にひと泡吹かせたあと、手詰《てづ》まりの末にみずから降参した。

これが評価された。

中忍ともなれば部下を率《ひき》いることもある。そのため一番重要視されるのは、的確な状況判断だというのだ。潔《いさぎよ》く敗北を認めたシカマルの行為に、試験官たちは最上の評価を下したのである。

有難《ありがた》迷惑な評価だ。

師匠であった猿飛《さるとび》アスマに無理矢理参加させられただけの望んでもない試験。評価などしてもらうつもりも、やる気もなかった。

しかし現実はシカマルを中忍へと導き、里の者の見る目を変えた。

そのあたりから人生設計がずれはじめた。

サスケが里を抜けた時はチームのリーダーとして同期の忍たちとともに彼を追い、その後は同期のなかでも頭ひとつ抜けた存在として多くの任務をまかされた。

抵抗すればするほど、現実はシカマルを上へ上へと導いてゆく。

第四次忍界大戦から二年……。

シカマルは十九歳になった。

もう子供とは呼べない年齢である。

期待されることがどれほど有難いことか。人に必要とされることがどれだけ素晴らしいことなのか。言われなくてもわかっているつもりだ。実際、シカマルの友は人に必要とされたいという衝動《しょうどう》だけで里の、いや……。忍の英雄にまでのぼりつめた。

人は誰かを必要とする生き物だということは、言われなくてもわかっている。だからお前がいなければと言われて悪い気はしない。必要とされれば全力でむき合うし、任務で手を抜いたことなど一度だってない。

この世に生まれて十九年。

すでに多くの柵《しがらみ》が全身に絡《から》みついている。

世界の支配を目論《もくろ》む集団〝暁《あかつき》〟によって、師であるアスマを殺された。アスマには紅《くれない》という彼女がいて、そのお腹《なか》にはアスマの赤ちゃんが宿《やど》っていた。その赤ちゃんもいまではもう二歳。名はミライ。

ミライの師になる……。

果たさなければならない約束だ。

シカマルの父シカクは第四次忍界大戦の時、連合の参謀《さんぼう》を務《つと》めていた。そしてオビトの手によって復活した十尾《じゅうび》の尾獣玉《びじゅうだま》によって連合の本部が爆撃された際、いのの父親であるいのいちとともに死んだ。

父といのいちの最期《さいご》の言葉は、いまもシカマルの耳の奥にはっきりと残っている。

『オレ達はいつもお前達の中に居《い》る。忘れんなよ！』

父のようなでかい男になる……。

自分をこの世に生かしてくれた男への誓いだった。

そして……。

ナルトだ。

どこまでも真《ま》っ直《す》ぐで、火影になることを信じて疑わない忍の英雄……。

十尾との戦いの時、死にかけたシカマルはサクラの手当てを受けている最中に思った。

ヤツの相談役が務まるのはオレ以外にはいねぇ……。

ナルトを火影にしてその片腕となる。

夢だった。

数えきれないほど多くの柵が身体にまとわりついている。それがシカマルを前に進ませる力となってくれているのは間違いない。みんなの想いがあるからシカマルはシカマルとして生きていける。

それでも……。

たまに疲れる。

本当の自分はみんなが思っているような男じゃない。なにごとも面倒くさがり、それなりの人生を望んでいるようなどこにでもいる男なのだ。期待されれば期待されるほど、逃げ出したくなってしまう。それがシカマルという男の真の姿なのである。

昔は仲間たちも、面倒くさがりなことも、やる気がないこともわかってくれていた。

いつからみんなは勘違《かんちが》いしはじめたのか？

いつからシカマルはめんどくせーと言わなくなったのか？

どちらも同じ頃のような気がする。

「あれは……」

雲を眺めるシカマルの眉間《みけん》に深い皺《しわ》が刻まれた。

切れ長の眼が虚空《こくう》の一点を見つめている。

視線の先にあったのは一羽の鷹《たか》……。

西のほうが薄紅《うすべに》に染まりはじめた空を、雄々《おお》しく翼を広げた鷹がゆっくりと旋回《せんかい》している。弧を描く軌道の中央にシカマルが位置していた。いや、正確には鷹はシカマルのいる火影屋敷を中心にして回っている。

上体を起こすどころではない。

立ち上がっていた。

茫漠《ぼうばく》たる海にさまよっていた心は、すでに刃《やいば》のように研《と》ぎ澄《す》まされている。

瞳は鷹をとらえて離さない。

漆黒《しっこく》……。

鷹はまるで墨《すみ》で描かれたかのように真っ黒だった。

いや。

あの鷹は本当に墨で描かれている。

超獣《ちょうじゅうぎが》 偽画……。

サイの術だ。

かつてサスケの代わりとして、ナルトとサクラが所属する第七班に入った男。彼の得意とする術である超獣偽画は、墨で描いた獣や鳥に命を与えて動かすことができる。

シカマルの頭上を飛ぶ鷹も、サイによって描かれたものだった。

「やっと来たか……」

つぶやいたシカマルの視界のなかで、鷹が弧を描くのを止《や》め下降をはじめた。

シカマルは駆けだした。足は下層に降りる階段にむかっている。降りてすぐの所に火影の執務室がある。鷹の行き先はそこだ。階段の手すりに手をかけた時、頬《ほお》をかすめるようにして鷹が建物の脇《わき》に消えた。飛び降りるようにして階段を降り、廊下を走る。

執務室。

ノックもせずに扉を開いた。

「シカマルか」

カカシが言った。

書類や本が乱雑に積み上げられた机の前で、巻物を広げて立っていた。

「いまサイの鷹がこの部屋に……」

「あぁ」

巻物を読んでいたカカシがそれをシカマルに見せるように裏返してみせた。白地に躍《おど》る文章がシカマルの視界に飛びこんでくる。

駆け寄り巻物を見た。

「どうやら事態は思っていたよりも深刻なようだ」

言ったカカシの目がシカマルをとらえる。にらんでいるのかと思うほどに厳しい目つきだ。いつもはぼんやりとした雰囲気の口調も、今日はめずらしく真剣である。

カカシの態度が悪い予感を掻《か》き立《た》てる。

シカマルは巻物に書かれた字を追った。

〝ボクはもう自分がわからない……〟

繊細《せんさい》な筆でつづられた書面の最後の一文だけが、やけに鮮《あざ》やかに見えた。

二

六代目火影《ほかげ》様

あまり時間がないので手短に記《しる》します。

御懸念《ごけねん》の事案につきましてある程度の調査を終えました。しかし十名いた仲間は誰一人戻らず、ボク一人となってしまいました。

生死は定《さだ》かではありません。ただ敵に察知されたのは間違いないと思われます。

単刀直入《たんとうちょくにゅう》に申し上げます。

彼《か》の国の内情は火影様が思われているより何倍も深刻であります。このままこの国を野放しにしておけば、忍連合《しのびれんごう》はいずれ窮地《きゅうち》に立たされることでしょう。いや、世界そのものの枠組みさえ変わりかねぬ事態であるとボクは考えます。

この国を動かしている男がいます。

名はゲンゴ。

ゲンゴこそが彼の国であり、彼の国こそゲンゴ。

彼の国のすべてはゲンゴのためにあると言っても過言ではありません。

〝蠱惑《こわく》〟

あの男を表す一番適当な言葉です。

ゲンゴは世界を変える存在になるやもしれません。

ボクはそれを望んでいるのかもしれない。

忍という存在はあまりにも救いのない生き物ではありませんか？

耐え忍ぶ者こそ忍。

本当にそれでよいのでしょうか？

火影様。

いやカカシさん。

ボクはもう自分がわからない……。

書面から顔を上げ、シカマルは小さな息をひとつ吐いた。目の前には椅子《いす》に座って机に肘《ひじ》をつくカカシの姿がある。火影としての公務や外出する時はつねに着けている笠《かさ》もかぶ

らず、二年前よりいくぶん伸びた髪を額当《ひたいあ》てで押さえていた。鼻から下をマスクで覆《おお》って
いるのは相変わらずである。

組んだ両手に顎《あご》をのせ、カカシは静かにシカマルを見つめていた。

「どう思う?」

涼やかな声でカカシが問う。

火影の執務室。

二人以外に誰もいない。

「なぜサイは戻ってこずに、超獣偽画《ちょうじゅうぎが》を寄越《よこ》したのでしょう?」

「そうだね」

手から顎をはずし、カカシは背もたれに思いきり寄りかかった。顎を突き出し天井を見
つめながら、シカマルよりも大きな溜息《ためいき》をつく。

「文面を見るとすでにサイ以外の者は敵の手に落ちたか殺されているようですね」

「そうらしいね」

「サイをリーダーにして暗部《あんぶ》のなかでも屈指《くっし》の使い手十人で構成されたチームです。敵に
姿を晒《さら》すような愚行《ぐこう》を犯《おか》すとも思えません。敵もなかなかの手練《てだ》れであるのでしょう」

「うん……」

言いながらカカシがくるりと椅子を回転させた。一度背もたれに隠れてシカマルの視界から消えたカカシが一回転してもう一度現れる。カカシという男はどんなに深刻な状況でも肩の力が抜けている男だ。

ふつう、人というものは事態が逼迫《ひっぱく》すればするほど、身体《からだ》も思考も硬直してしまう。しかしカカシはこうして気楽な行動をわざとすることで、思考の硬直を避けようとする。長年、腕利《うでき》きの忍として修羅場《しゅらば》を潜《くぐ》ってきた結果、自然と身についた行動のようだった。

ぼんやりとした瞳《ひとみ》で天井を見つめるカカシに、シカマルは緊張した面持《おもも》ちで口を開いた。

「仲間をすべて失い内情を知りえた時点で、サイの取るべき道はただひとつです」

「脱出だね」

「はい」

即答したシカマルにカカシが小さくうなずく。なおも顔をシカマルにむけず天井を仰《あお》いでいるカカシにむかってつづける。

「こんな手紙を送ってくるのなら、みずから里に戻り、火影様に……」

「カカシさんでいいってなん度言えばわかんの？」

やっとカカシがシカマルへと顔をむけた。

「いつからそんなに硬くなっちゃったの？　昔はもっと肩の力が抜けてて、いい感じだったのに」

「オレもいつまでもガキではいられないんで」

「ナルトはいまでも〝ガキ〟のまんまだよ」

「ヤツはヤツです」

「あぁそう……」

寂《さび》しそうな目をしてカカシが机の上に広げられたサイからの手紙に目を落とした。

文章を超獣偽画で動物に変化させ遠方に遣《つか》わし、白紙の巻物に辿《たど》り着《つ》けば元の文章に戻すというサイの技《わざ》である。屋上でシカマルが見た漆黒《しっこく》の鷹《たか》が、いまカカシが読んでいる文面の正体だった。

「彼の国の内情はオレが考えるよりも何倍も深刻。か……」

「大戦の失踪者《しっそうしゃ》や近頃の抜《ぬ》け忍《にん》たちの多くはやはり彼の国にあると考えたほうがよいのでしょうね」

「サイがここまで断言しているということは、そうなんだろうね」

「黙《しじま》の国……」

すべては二年前にさかのぼる。

うちはマダラとうちはオビトによって引き起こされた第四次忍界大戦《にんかいたいせん》は、多くの犠牲《ぎせい》を生んだ。人の範疇《はんちゅう》を脱した超常的な力の前に五大国の忍たちは力を結集して立ちむかい、ついに、マダラを陰《かげ》で操《あやつ》っていた大筒木《おおつつき》カグヤを倒し大戦を終息させることができた。

平穏な時が訪《おとず》れ各里が戦後処理に入ると、戦死者や行方《ゆくえ》不明者の特定が急がれることになった。

大陸の地形すらも変えるほどの激戦である。屍《しかばね》が残る者は運がよいという有様《ありさま》であった。とうぜん戦死が確定した者よりも行方不明者のほうが各里ともに多かった。

五大国でおよそ二万人……。

それが先の大戦で出た犠牲である。

忍の里はおろか、この世界自体が滅びるかもしれない戦争だったのだ。この程度の数で済んで幸運だったと言う者もなかにはいた。

しかしシカマルはそうは思わない。

死者は一人でも死者なのである。

やむをえない犠牲など一人たりとてないのだ。

先の大戦で日向《ひゅうが》ネジという友を失った。シカマルにとっては〝一万分の一〟などという数のひとつではない。日向ネジという友の死こそがすべてである。そしてそれはどの犠牲者にも言えることなのだ。人が一人死ぬということには、単なる犠牲などという言葉では決して割りきれない感情がある。

だからこそ……。

戦争は決して起こしてはならないのだ。

「果たして行方不明者のいったいどの程度が、黙の国に流れているのか……」

シカマルの思考を遮《さえぎ》るようにカカシがつぶやく。

カカシの言葉のとおり、先の大戦で行方不明となった者のなかに、生き残って姿を消した人間が少なからずいるということがわかったのである。

はじめにそれに気づいたのは、忍連合の本部であった。

すべての依頼が集まってくる連合本部は、もたらされる依頼の傾向や件数を一番早く知ることができる。

異変は一年前……。

忍への依頼が目に見えるほどはっきりと減ったのである。

忍五大国が協調路線を選んだことで、大名《だいみょう》たちが支配する表の世界でも近頃はめっきり戦《いくさ》が減った。そのため危険な任務であるAランクやBランクの依頼が減るのは仕様のないことではあった。

しかし事はそれほど単純ではない。

比較的容易なCランクDランクの依頼までもが、同様に減っているのだ。

この問題は連合本部にも席を置いているシカマルも、いち早く聞いていた。しかし依頼が減ったからといって具体的な対処ができる訳《わけ》もない。連合としては、しばらく事の推移をうかがおうという結論に至った。

しかしここに依頼の減少という問題と、大戦以降のもうひとつの問題を結びつける男が現れたのである。

目の前に座っているカカシだ。

カカシが着眼したもうひとつの問題。それは一年ほど前から忍五大国で続発している抜け忍の問題だった。

一年ほど前から、各里でひと月に一人ずつ忍が里を抜けているのだ。ひとつの里でこれまでに十二人。五里合わせて六十人もの忍が消えている。しかもそれはすべて独身の若い男性だった。

里抜けは大罪である。

とうぜん各里ともに追手を遣《つか》わした。しかし誰一人として捕らえることができなかったのである。

「援護を差しむけてサイに継続して調べさせたのはまずかったかもしれないね。一度サイを引き上げさせて、態勢を整えてから黙の国にむかわせるべきだった」

「いまさら悔《く》やんでも仕様がありません」

「そうだね」

抜け忍探査を行っていたサイが小さな手掛かりを見つけて報《しら》せてきたのはひと月あまり前のことだった。抜け忍の問題と依頼の激減が密接につながり合っているのではと考えていたカカシは、調査の継続と暗部の追加派遣《はけん》をサイに伝えた。

サイが辿《たど》り着《つ》いた手掛かり。

それが黙の国である。

忍の五大隠れ里を擁《よう》する五大国とそれに挟まれた中小諸国が群雄割拠《ぐんゆうかっきょ》する大陸。その西の果てに黙の国はあった。忍の里も持たず他国との交渉も一切《いっさい》ないこの国は、黙して語らぬ〝黙の国〟と呼ばれていた。民《たみ》とそれを支配する大名《だいみょう》は他国と同様に存在しているのだが、それ以上の詳細《しょうさい》な情報は外には一切漏《も》れない閉じた国だ。

どうやらこの国に木ノ葉の抜け忍が逃げこんだらしいとサイは言う。

懸念材料はそれだけではなかった。

大戦で行方不明となっていた木ノ葉の忍がいたというのである。

黙の国に抜け忍や行方不明と目《もく》されていた忍たちが集《つど》っている……。

なんのために?

連合への依頼の激減にその答えがあるとカカシは見ているのである。

「サイはどうなっていると思う?」

「生きています」

「同感だ」

マスクの下でカカシの口元が笑《え》みを象《かたど》っている。

「文面からにじみ出る〝ゲンゴ〟という男に対する称賛にも似た執着……」

言ったカカシが流麗《りゅうれい》な筆致で記されたサイの文書に触れた。その心を悟《さと》るようにしてシカマルは言葉を継《つ》ぐ。

「信じたくはありませんが、サイはゲンゴという男に取りこまれているのかもしれません」

「純粋だからねぇ彼は」

「もし生きているのなら救わなければなりません」

「そうだね……」

傷跡《きずあと》の残るカカシの左目が暗い闇《やみ》を帯《お》びた。

シカマルはこの有能な火影がなにを言わんとしているのかを敏感に悟っている。

仲間の救出よりも大事なことがあるのだ。

シカマルはみずから切り出した。

「もしも黙の国がサイの記しているような状況にあり、火影様の推測どおりの活動をしているのであれば、一刻も早く手を打たなければなりません」

「わかっているよ」

シカマルは止《や》めない。

「大戦から二年。各里はやっと安定を取り戻してきましたが、まだまだ国力はどこも以前の半分にも満たないというのが現状です」

「戦はできないよね」

「そのとおりです」

またおおきな溜息をひとつついて、カカシが椅子から立ち上がった。巻物や書物が乱雑に置かれた机を回りこみシカマルの隣《となり》に立つ。

「どうやらオレと同じことを考えているようだね」

「はい」

「だったらオレがどう思っているかもわかってる？」

「自分で行こうとお考えでしょう」

カカシは若い頃に暗部として鳴らした経験がある。後ろ暗い任務を専門に扱う暗部のなかでも、カカシは有能な戦士だったという。笑みで弓形に歪《ゆが》んだカカシの目の奥に、濃い闇がくぐもっている。それを正面から見つめながらシカマルは言葉を吐く。

「火影様のことです。みずからの立場も十二分に理解され、その結果、望みが叶《かな》わぬこともすでにわかっておられるはず」

「君の頭の回転の速さはミナト先生の忍術ばりだね」

答えずにシカマルはカカシを見つづける。黙したままのシカマルに、カカシが言葉を吐く。

「とにかくサイが言ってきたとおりなら、彼の国の要《かなめ》はゲンゴという男のようだ」

「はい」

「こいつをどうにかできれば、なんの問題もないんだよね」

「オレもそう思います」

「さて……」

老人のように腰に手を当て、カカシがおおきく伸びをした。

「誰を差しむければいいと思う？」

「オレが行きます」

「え？」

カカシが目を丸くする。

「君には木ノ葉の代表として連合の一翼を担《にな》うという大きな役目があるじゃないか。いまさら暗殺なんて仕事をする必要なんかないさ」

暗殺……。

カカシは明言した。二人の頭のなかに共通してあったものを言葉にすることで、明確化させたのである。連合と黙の国の戦になれば、せっかくまとまってきた連合自体がふたたび足並みを乱すかもしれない。各国の疲弊《ひへい》が深刻ないま、あらたな戦を望んでいる者などどこにもいないのだ。

サイの手紙を信じるなら、ゲンゴを暗殺することが黙の国を沈黙させる一番有効な手段なのである。

「この一件を知る者は少なければ少ないほどいい」

「だからって君が行くことは……」

「仲間が捕らえられているんです。オレにやらせてください」

シカマルの気迫に押されるように、カカシは口をつぐんだ。

シカマルは思う。たしかにカカシの言うとおり、自分が行く必要はない。適任の者を選びだしてすべてを任《まか》せることが上に立つ者には必要なことなのだろう。それでもシカマルは志願した。

理由はわからない。

ただ無性《むしょう》に、じっとしていられなかった。

三

「という訳《わけ》で、今回の定期会合は終わります。なにかご質問はありませんか？」

淡々とした口調で司会の男が言うのをシカマルは瞑目《めいもく》したまま聞いた。眼鏡《めがね》姿の司会の男は長十郎《ちょうじゅうろう》という霧隠《きりがく》れの忍《しのび》だ。忍界大戦《にんかいたいせん》の時に水影《みずかげ》の護衛をしていたのを、シカマルは覚えている。

「皆様なにもないようなので、それではシカマルさん……」

長十郎がうかがうように言った。彼は隣《となり》に座っている。シカマルは右目だけを開き長十郎を見ると、ちいさくうなずいて両目を開いた。

円卓に十名の忍が座っている。男も女もいた。だいたいシカマルと同年代である。

鉄《てつ》の国にある忍連合の本部。

侍《さむらい》の力が非常に強い鉄の国には忍がいない。先の大戦の前、五大隠れ里の影忍《かげにん》たちはこの鉄の国において会合をおこなった。それが後《のち》の五大国同盟となり、いまの忍連合へとつながっている。同盟発祥《はっしょう》の地である鉄の国に連合は本部を設《もう》け、五大国を主とする各里の忍たちが集《つど》って日夜《にちや》忍の世界の発展のために働いていた。

シカマルとともに集う十人は次期影忍候補など里でも屈指《くっし》の若手たちだ。この会議は次代の忍の世を担《にな》う者たちによる、これからの忍について語り合う場だった。シカマルの他には司会の長十郎や、砂隠《すながく》れのテマリや雲隠《くもがく》れのオモイなどがいる。

シカマルはこの集まりのリーダーを任《まか》されていた。もちろん志願してのものではない。みなから推《お》された結果である。

「シカマルさん？」

黙ったままのシカマルを心配するように長十郎が言った。ひとつ咳払《せきばら》いをしてから、シカマルはメンバーを見回し重い口を開く。

「これといって目新しい議題もない会議だったと思います。まぁ、これからもこのようなゆったりとした会議であることを望みたいものです。それではみなさん、またひと月後に」

言うと同時に立ち上がる。円卓に広げられた資料の束《たば》をまとめ、小脇《こわき》に抱《かか》えてみなに背をむけた。リーダーの素《そ》っ気《け》ない態度に戸《と》惑《まど》いながらも、メンバーは各自のペースで退出をはじめる。

白く無機質な壁が左右に伸びる長い廊下を、淡々と歩く。多くの忍が忙《せわ》しなく歩いているが、足音はまったく響かない。忍である。足音を鳴らすなどもってのほかだ。その程度の身の運びは忍者学校《アカデミー》でも初歩中の初歩だった。

「おいっ」

背後からシカマルを呼び止める声。

気づかれぬように舌打ちをした。

声の主《ぬし》が、いま一番話したくない相手だったからだ。

かまわず歩《ほ》を進める。

「待てよシカマルっ！」

蹴《け》り飛《と》ばされそうな勢いの声が背中を叩《たた》く。

「なんだ？」

頭だけを回し、肩越しに女を見た。

砂隠れのテマリだ。二年前よりも短くなった髪を左右にわけてふたつに束ね、少しだけ大人《おとな》びた顔は昔よりも目が穏《おだ》やかになっている。シカマルよりも歳《とし》は上。大人びたというか、すでに立派な大人である。

「どうしたのさアンタ？」

昔よりも目尻《めじり》が幾分《いくぶん》垂れた目でシカマルを見つめている。

「なんのことだ」

「最近アンタおかしいよ」

テマリの細い手がシカマルの肩に伸び、強引《ごういん》に正対させた。

めんどくせー……。

喉元《のどもと》まで出かかった言葉を必死に呑《の》みこむ。

「さっきの会議での態度だってそうさ。アンタがだんまり決めこむから、みんな緊張して場が張り詰めてたじゃないか」

「そうか？」

「そんなことにも気づかなかったのかい」

テマリが目を丸くする。

「なにがあったんだ？」

「別に……」

「私にも話せないことなのかい？」

テマリの視線が痛かった。

大戦が終息してからの二年間、連合での仕事においてテマリは良き理解者であり相棒だった。強大な敵を前にして集った忍たちがふたたび離散しないようにという想《おも》いを共有し、ともに連合を盛り立ててきたつもりだ。木《こ》ノ葉《は》の次期火影《ほかげ》候補と目《もく》されるナルトと砂隠れの風影《かぜかげ》である我愛羅《ガアラ》の強固な絆《きずな》もあって、両里の関係は五大国のなかでも非常に良好であった。そういった外的要因もあり、シカマルとテマリはたがいに連合内で一番の味方であると認め合う存在となっている。

「木ノ葉でなにか起こってるんだろ」

なかなかの洞察である。

しかしわずかに的をはずしている。木ノ葉で事が起こっているのではない。しかし木ノ葉の忍のみで事態を収束させようとしているのは事実だ。テマリの推測は半分アタリで半分ハズレというところだった。

忍の存亡にかかわる事については、里の枠を超えて共有すべきというのが連合の基本方針だ。シカマルとカカシがやろうとしていることは明らかな背反《はいはん》行為である。

それでも言うべきではないのだ。いま連合を挙《あ》げて黙《しじま》の国と事を構えることは得策ではない。

己《おのれ》がやる……。

決意は固い。

「私が力になれることはないのかい？」

「ない」

きっぱりと言いきったシカマルの態度に、テマリが目を伏《ふ》せる。

「そう……」

力なくつぶやいた次の瞬間だった。

寂《さび》しそうだったテマリの顔が一瞬にして怒《いか》りに変じたのである。

息を呑むのが精一杯《せいいっぱい》。

避《よ》ける余裕などなかった。気づいた時にはシカマルの身体《からだ》は飛んでいた。

幾度か廊下を転がり尻餅《しりもち》をつくような格好《かっこう》で座りこんだ。右の頰《ほお》が真っ赤に腫《は》れている。

熱をもったほっぺたをさするシカマルの視界の先で、憤怒《ふんぬ》の形相《ぎょうそう》のテマリがにらんでいた。

「アンタのことをここまで見損《みそこ》なうたぁ、思ってもみなかったよッ！」

怒鳴《どな》り声《ごえ》が風圧となって顔を圧《お》す。

「す、すまねぇ……」

無意識の言葉だった。朝帰りしたオヤジが玄関でオフクロに怒鳴られている姿が、みずからにかぶる。大股《おおまた》で歩くテマリが、シカマルの横を通り過ぎて消えてゆく。

その目がうっすらと濡《ぬ》れていた……。

＊

「さっきから全然食べてないじゃん」

目の前に座るチョウジが、両の頬をリスのように膨《ふく》らませながら言った。

焼肉屋である。

シカマルの隣には、いのが座っていた。

二人とも二年の間にずいぶん大人になった。チョウジは相変わらずぽっちゃりだが、目つきが精悍《せいかん》になり顎髭《あごひげ》なんかたくわえている。いのはますます髪を伸ばし、それを束ねずにいるから年よりもだいぶん大人に見えた。

「ここに来る前になんか食べたのかい？」

言ったチョウジの頬がボコリとへこみ、喉が大きく上下して肉が腹の底へ落ちた。

「私もシカマルも成長期はとっくに終わってんだから、アンタみたいにバカスカ食べられないのッ」

「ウソッ！」

チョウジが目を丸くする。

シカマルは思わず笑っていた。心に穏《おだ》やかな風が吹く。久しぶりの感覚だった。

「お前たちとメシに来るのに、その前になんか食べてる訳ねぇだろ」

シカマルは言いながら金網に箸《はし》を伸ばした。もう少しで焦《こ》げそうなハラミを箸先で挟もうとするとチョウジの怒声《どせい》が飛んでくる。

「それ僕が育ててた肉ッ！」

「はいよ」

幾度も繰《く》り返《かえ》したやり取りだ。手慣れた仕草《しぐさ》でシカマルはハラミを戻すと、隣のカルビに箸をむける。隣に座るいのを横目で見た。うなずいたので肉を取り小皿にのせる。

「久しぶりよねシカマルから誘うなんて」

「そうだよ、最近じゃボクが誘わないと二人とも付き合ってくれないもん」

「シカマルは連合の仕事や火影様のサポートなんかで、めちゃくちゃ忙《いそが》しいんだから、私らとそんなにしょっちゅう会ってらんないの」

「それはわかってるけど……」

うつむきがちにチョウジが頰を膨らませた。

気を遣《つか》ってくれていることを素直に喜ぶ自分がいる反面、二人との距離が離れたことを寂しいと思う自分もいる。大人になれば子供の頃のように思うままには生きられない。忍者学校《アカデミー》が終わって友達と待ち合わせして暗くなるまで毎日遊んだ頃とは違うのだ。

シカマルが連合や木ノ葉隠れの里で責任のある仕事をしているのと同様に、いのもチョウジも大戦を潜《くぐ》り抜《ぬ》けてきた有能な中忍《ちゅうにん》としてずいぶん重宝《ちょうほう》がられている。シカマルが忙しいからと言いながら、二人もまた思うように時間の取れない立場なのだ。それでも自分の〝会いたい〟というひと言に、なにも言わず付き合ってくれた。

最高の親友たちである。

「どうしたの？」

いのが男らしくジョッキを傾けながらシカマルに問うた。

「別になんでもねぇよ。ただお前らと話がしたかっただけさ」

シカマルは小皿の肉を口に運んだ。

「あっそ」

それ以上いのはなにも聞かなかった。チョウジは笑顔をたやさず肉を食べつづけている。

他愛《たわい》もない会話の応酬《おうしゅう》。

チョウジの食べっぷり。

いのの恋愛話。

そしてアスマの思い出……。

二人との距離が縮まってゆく。

アスマとはじめてこの店に来た頃の自分に戻ってゆくようだった。

あの頃はふた言目にはめんどくせーと言っていた……。

チョウジといのの大人びた姿を見ながら、もうあの頃には戻れないとシカマルは心につぶやいていた。


一人家路を行く。

けっきょく二人には言えなかった……。

黙の国に行くのなら二人とともにと思った。だから焼き肉に誘ったのだ。でも二人の笑い顔を見ているとなんとなく言えなかった。

これから歩もうとしているのは闇《やみ》の道だ。

木ノ葉を、連合を、そしてすべての忍を救うため、一人の男を殺すのである。

正々堂々戦って勝つのではない。

密《ひそ》かに殺すのだ。

暗殺。

忍にとってそれほどめずらしいことではない。大人になればそういうことも世の中には必要なんだとわかってくる。

でも……。

手を汚す者は少なければ少ないほど良い。チョウジといのを闇に引きずりこむ気にはなれなかった。

「やっぱり暗部か……」

見あげた夜空に星はひとつもなかった。

四

カカシの執務室にシカマルはいた。相変わらず乱雑に散らかる書類の山に囲まれ、忙《いそが》しく書き物をしている六代目火影《ほかげ》の手が空《あ》くのを立ったまま待つ。カカシのむこう、開け放たれた窓の外に木《こ》ノ葉《は》の街並《まちなみ》が見える。ほがらかな午前中の陽光に照らされる街は、穏《おだ》やかな空気に包まれていた。

「待たせたね」

書類の束《たば》を机で叩《たた》いてそろえながらカカシが言った。

「で、今日はなんの用？」

「黙《しじま》の国の件です」

「あぁ、そっちか……」

先日の連合での会合の報告をまだ済ませていない。別段とりたてて伝えることもないので放っておいたのだ。どうやらカカシは会合のほうを予想していたらしい。

「連合は相変わらずです。有能な人材がそろっているので、なんの心配もないでしょう」

「君もその〝有能な人材〟の一員なんだよ」

果たしてそうだろうか？　本当に自分は木ノ葉隠れの里の代表などが務《つと》まる人間なのか。

「本当に行く気なのかい？」

「はい」

カカシが溜息《ためいき》をついた。

「君が行く必要があるのか？」

「サイが捕らえられています。それにうちの里から抜けた者や大戦で行方《ゆくえ》不明になった者たちもいるんです。果たして彼らが本当に望んで留《とど》まっているのか、それともゲンゴという男に捕らえられているのか、それを確かめなければなりません」

「決意は固いようだね」

無言でうなずいた。

目をつぶったカカシが首を左右に振って、ふたたびシカマルを見た。

「わかった、もうとやかく言わないよ。で、誰を連れてゆく気なんだい？　一人で行くって訳《わけ》でもないんだろう？」

「暗部《あんぶ》の人間を二人お貸しいただけませんか」

「ほう」

肘《ひじ》を机につけ、組んだ手の上に顎《あご》をのせたカカシの目が真剣味を帯《お》びた。

「いのやチョウジはいいのかい？」

「猪鹿蝶《いのしかちょう》の連携《れんけい》は目視下の戦闘では有効ですが、今回のような任務には適しません」

「暗殺だからね」

「しかも今回は潜入することもおおきな要素です。できればチャクラを隠せる者が欲しい」

「うん……」

カカシが目を伏《ふ》せて考えている。元暗部という出自柄《しゅつじがら》、カカシは暗部の内情に詳《くわ》しい。

シカマルの申し出を受け、頭のなかで候補を挙《あ》げているようだ。

「仕留めるのは君じゃないんだろ」

「オレの術は標的の拘束《こうそく》に使うつもりです」

「だったら実際に仕留める者も必要だね」

カカシが先回りするようにして言った。実際シカマルも同様のことを考えていた。

暗部を二人……。

一人はチャクラを操《あやつ》りこちらの存在を隠すことができるタイプの忍《しのび》。そしてもう一人は実際に標的を仕留める術を持つ忍だ。

「格好《かっこう》の人間がいるよ」

「ありがとうございます」

「すぐに手配しよう」

「他の任務に就《つ》いているのではないのですか？」

「君の案件よりも急を要するような任務などないだろ」

言いきったカカシに火影という存在の大きさを感じる。事の軽重を冷徹に判断し、そのうえで迅速《じんそく》な決断をする。そうすることで忍たちは、里のために存分に力を発揮できるのだ。己《おのれ》ではとうてい務まらないとシカマルは思う。火影になりたいと思ったことはない。が、やはり憧《あこが》れがないといえば嘘《うそ》になる。カカシの男としての大きさに、まだ年若いシカマルは太刀《たち》打《う》ちできない悔《くや》しさを覚えた。

「すぐに二人に帰還を伝える。君はもう少し待っていてくれないか」

「できるだけ早くお願いします」

「わかってるよ」

微笑《ほほえ》んだカカシが立ち上がる。そしてシカマルに背をむけると窓の外を眺めた。

「そんなに背負わなくてもいいんだよ」

カカシがボソリとつぶやく。

シカマルは答えない。

背負っている……。

たしかにそうかもしれない。

自分でもわからないうちに、シカマルはたくさんのものを背中に負ってしまっていた。面倒くさがりのくせに、柄《がら》にもなくなにごとも抱《かか》えこんでしまう。重くて仕様がないはずなのに、放りだせない。

怖《こわ》かった。

すべてを投げだすことで自分が自分でなくなる気がするのだ。もともと面倒くさがりである。一度、荷を下ろしてしまえば二度と担《かつ》げなくなるのではないか？　そしてもう誰も自分を必要としてくれなくなるのではないか？

それがたまらなく恐ろしかった。

「いまから本音《ほんね》を言うよ」

掲《かか》げた左手にちいさな雷《かみなり》が幾重《いくえ》にも連《つら》なる。

「いますぐ火影なんていう面倒な柵《しがらみ》を脱ぎ捨てて黙の国に行きたいよ」

なにもかもを放りだして黙の国に行き、ゲンゴを仕留めたいというカカシの心の叫びが聞こえる。しかし火影という責任のある立場をそう簡単に投げだせるものではない。

「君にこんなことを背負わせてしまってすまないと思っている」

「オレもナルトもそして同期のヤツらもみんな、すでに背負う立場になってるってことですよ。もうアナタがすべてを背負う必要はないんです」

「そうか……」

雷が陽光に溶けた。

「シカマル」

カカシが振りむく。

「大人《おとな》になるってどういうことなんだろうな」

「そんなことオレに聞かないでくださいよ」

「また来るわ」

言ってシカマルは墓石に背をむけた。墓には〝奈良《なら》シカク〟と刻《きざ》まれている。

父の墓だ。

カカシとの面会が終わったあと、自然と父の墓に足がむいた。大人になるってどういうことなのか？ カカシが問うた答えがここにあるような気がしたからだ。

第四次忍界大戦《にんかいたいせん》の最中、父は五影《ごかげ》とともに連合の本部にいた。戦闘の激化によって五影が前線に赴《おもむ》いたあとは、いのの父であるいのいちとともに全軍の指揮を執《と》っていた。十尾《じゅうび》を目覚めさせたオビトは、全軍の攪乱《かくらん》を企図《きと》しここに尾獣玉《びじゅうだま》を放った。死の砲弾が迫るなか、シカクは最後の最後まで全軍に指示を与えつづけ、そして死んだ。

死の間際《まぎわ》まで忍であった。

いや……。

本当は死ぬ前の刹那《せつな》、シカクは父であった。しかしそれを知っているのは子であるシカマルだけだ。

大人とはなんだ？

シカマルは考える。

父の墓に別れを告げ、足は次にむかう場所へと進んでいた。

師の墓だ。

猿飛《さるとび》アスマ……。

三代目火影の血筋でありながらエリートの道を拒《こば》み、つねに前線に立ちつづけた男だ。

忍者学校《アカデミー》を卒業したシカマルは、このアスマのもとで忍として一人前に育て上げられたのである。親友のチョウジといのと三人で、アスマの背中を追うようにして任務に邁進《まいしん》した。どんな苦境に立たされようとタバコをくわえて気楽な態度を崩《くず》さないアスマは、シカマルの憧れだった。

そんなアスマももうこの世にはいない。

世界征服のために暗躍する〝暁《あかつき》〟との戦いのなかでアスマは死んだ。

シカマルを生かすために……。

人智を超えた力をもつ暁のメンバーに勝つ見こみがないと悟《さと》ったアスマは、その身を賭《と》してシカマルや仲間たちを守って死んでいった。

彼もまた最期《さいご》まで他者のことを考えながら死んだ。

我が身を捧《ささ》げて守るものをシカマルはまだ持ちえていない。里の人々や仲間はたしかに大切だが、父やアスマほどの強さで守るものかというと違うような気がする。そういう意味ではシカマルはまだ大人ではないのかもしれない。そもそも〝大人〟などという曖昧《あいまい》な言葉自体に囚《とら》われている時点で子供なのだとも思う。だとすればカカシだって子供なのかもしれない。

しかしカカシはすでに命に代えても守るものを得ているはずだ。

〝火影にとって里の者はすべて子供である〟

死んだアスマの父、三代目火影ヒルゼンの言葉だ。

火影として生きる道を選んだ時点でカカシはやはり大人なのかもしれない。

もう訳がわからなくなってきた……。

「シカの兄ちゃっ！」

物思いにふけるシカマルの耳に屈託《くったく》のない声が触れた。なにかがヨチヨチと歩いてくる。まん丸い赤子だ。四方に飛び出したまん丸い手足をぎこちなく使いながら、赤子は一生懸命シカマルへと近づいてくる。

「ミライッ」

シカマルは赤子の名を呼んだ。自然と声が明るくなる。頬《ほお》が緩《ゆる》み唇《くちびる》が笑《え》みを象《かたど》る。

「キャッ！」

ミライはシカマルの足に辿《たど》り着《つ》くと、短い両手で抱きついた。

「シカの兄ちゃっ！」

さっきと同じ口調でミライが言った。足にしがみついたままシカマルを見あげるミライは、眩《まぶ》しすぎて目がくらみそうになるほどの笑顔である。太陽のような笑みをむけられていると、凍《こお》っていた心が溶けるようだ。

「久しぶりねシカマル」

「紅《くれない》先生」

「もう先生じゃないんだから、その呼び方は止《や》めてよね」

黒髪の女性がそう言って笑った。

猿飛紅……。

元はアスマやカカシとともにシカマルたちの同期を率《ひき》いる上忍《じょうにん》であった。しかしいまは母として子育てに専念している。

ミライの母だ。

「アスマの墓に?」

「えぇ」

「お父様のお墓は?」

「いま行ってきました」

シカマルと紅が会話を交《か》わしている間も、ミライは足にしがみついて笑みを浮かべたまますリスリと顔をこすりつけている。

「シカの兄ちゃっ！　いまパパ、会った」

片言ながら必死に自分のことを伝えようとしているミライの姿を見ていると、心が熱を帯びてくる。

この子の師になる……。

アスマと紅に約束したことだった。

「そうか、パパに会ってきたのか」

しゃがみこんで言ったシカマルに、ミライが嬉《うれ》しそうにうなずいた。自分の言葉が通じるのがたまらなく嬉しいらしい。

「偉いなぁミライは」

頭を撫《な》でると、ふさふさで柔らかい髪の毛の感触が掌《てのひら》を伝わって心に穏やかな風を運ぶ。

「早くおおきくなれよ」

「うんッ」

「ほんとうにシカマル兄ちゃんのことが大好きね」

紅が言うとミライは前のめりになるほど強くうなずいた。自分の頭の重さで転びそうになるのを、シカマルは両手を差し出して受け止める。

この子のためにも死ねねぇな……。

「そだよッ」

まるでシカマルの心を見透《みす》かすようなタイミングでミライが言った。

「ありがとな」

ミライを抱き上げる。キャッキャッとみずみずしい笑い声をあげる赤子を見あげ、もう一度〝死ねぬ〟と強く思った。

五

白い顔の猫と猿《さる》が目の前に立っていた。

頭だけが猫と猿で、首から下は二名とも人間である。身体《からだ》に密着するような漆黒《しっこく》の衣《ころも》に、最近新しくなった木ノ葉《このは》のベストを着こんでいた。以前のベストは胸の両側に巻物や忍具《にんぐ》を収納するポケットがついていたが、今回のものはそれらを廃しずいぶんシンプルになっている。大戦を終え、各里協調の時代らしい平時の装備であった。

猫と猿の顔の本来目玉が入るあたりには、深い洞穴《どうけつ》のような穴が空《あ》いている。口はどちらもへの字口で、端は頬《ほお》まで裂けていた。猫のほうは空洞になっている目の下に赤く細い隈《くまど》取りが入っている。猿のほうは眉間《みけん》から猫よりも太めの赤い隈が、怒って吊《つ》り上《あ》がった眉《まゆ》のように入っていた。二人とも手を後ろに回し、腰のあたりで組んでいる。猫猿合わせて四つの空洞がシカマルをむいていた。

「この二人なら君の希望にそうことができると思うんだが……」

机のむこうの椅子《いす》に座ったままカカシが言った。机の左右に猫と猿が立っている。シカマルから見て右手に猫、左手に猿である。

身長に大きな差異があった。猿のほうは百七十六センチほどあるシカマルよりもわずかに大きい。逆に猫はシカマルの肩ほどの身長しかない。

猿は男、猫は女……。

体つきから明白だ。

「二人とも面を取れ」

カカシが言うと二人は己《おの》が顔に触れた。白い猿と猫の顔が薄皮のように剝《は》げ、その下から人の顔が出てくる。

動物の白面《はくめん》を着けるのは暗部《あんぶ》の慣習だ。任務のなかでも暗殺や謀略《ぼうりやく》、他国の騒乱の助長などという後ろ暗い仕事に主《おも》に従事しているため、素性《すじよう》を知られることを極端に嫌う。里の人間でさえ、暗部に誰が属しているのか知らない者が大半を占めるのだ。普段はなに食わぬ顔をして里を行き来している者が、実は暗部の人間だったという話はいくらでもある。

「男のほうは朧《ロウ》。女のほうは鏃《ソク》」

カカシの声と同時に、二人がシカマルにむかってちいさく辞儀《じぎ》をした。

「こんな年の娘が……」

「心外だシ」

シカマルのつぶやきを断《た》ち切《き》るように鏃が言った。

「忍《しのび》の世界は実力がすべてだシ。私は自分の実力で暗部の座を勝ち取ったんだシ」

「そういうことだ」

鏃の言《げん》をカカシが肯定《こうてい》する。

シカマルが驚くのも無理はない。

鏃は幼かった。シカマルよりも五つ六つ下であるのは間違いない。まだ忍者学校《アカデミー》を出て間《ま》もないといってもおかしくなかった。あどけなさの残るふっくらとした頬には幾分《いくぶん》赤みがさし、薄い唇《くちびる》は頑強《がんきょう》な意志を感じさせるほど硬く結ばれている。細い眉はきつく吊り上がり、その下の瞳《ひとみ》は自信に満ち爛々《らんらん》と輝いている。どこか幼い頃のテマリを思い出させるような顔立ちだとシカマルは思った。

「ヒノコは忍者学校《アカデミー》を出るとすぐにその才を見こまれて暗部にスカウトされた。まだ十四歳だが、すでに多くの任務をこなし暗部内での信頼も厚い」

「人を見かけで判断するのはよくないシ。ってか火影様《ほかげさま》、本名で呼ぶなって言ってるシ」

少し頬を膨《ふく》らませるようにして鏃が言った。

「ヒノコ……。ずいぶん可愛《かわい》らしい名ま……」

言いかけたシカマルの目の前で鏃の姿が消えた。息を呑《の》むシカマルの額《ひたい》にいつの間にか
オレンジ色の爪《つめ》が触れている。

「名前で呼ばれるのが嫌いだシ。そこんとこは気をつけてもらいたいシ」

眉間のあたりにつきつけられた鏃の人差指の先端から、チリチリという音がしている。

カカシの雷切《らいきり》をすごくちいさくしたような感じの音色《ねいろ》だった。

鏃の指先でチャクラが爆《は》ぜている……。

「いい加減にしろ鏃」

猿の面を着けていた男が言った。

名は朧……。

太い眉にえらの張った顎《あご》、強情《ごうじょう》そうな一重《ひとえ》の目が鏃をにらんでいる。

「こういうことは最初が肝心《かんじん》だシ。餓鬼《がき》だって舐《な》められるのだけは御免《ごめん》だシ」

「悪かった。以降気をつける」

これ以上事を荒立てる必要も、小娘の意地に付き合っている暇もないと、シカマルは素直に謝った。鏃は頭のてっぺんでひとつに留《と》めたオレンジ色の髪をゆらし、朧を見ていた視線をシカマルにむける。

「わかったらいいシ」

不用心なまでに背中を見せながら、鏃がずかずかと元いた場所に戻ってふたたび後ろで手を組んだ。

「朧は自分と、自分が対象と定《さだ》めた人間のチャクラの量や質を自由に変異させることができる」

カカシが言うと朧がちいさくうなずいた。

「実際のチャクラを増加させることができるということですか？」

「鋭い質問だね」

「他者が知覚するという観点においてのチャクラの変容にござる。よって、某《それがし》がシカマル殿《どの》のチャクラを増大させんとしても、実際の戦力は増えはいたしませせぬ。ただシカマル殿を知覚する者の錯誤《さくご》を生むのみにござります。つまり某の術は、彼我《ひが》の関係がなければ成り立たない術にござりまする」

いささか時代がかった喋《しゃべ》り方をする男である。その巌《いわお》のごとき風体《ふうてい》と相まって、なんとも侍然《さむらいぜん》とした印象を与える。

朧の説明に納得するようにうなずき、シカマルは口を開く。

「チャクラの量を変異させられるということは、完全に消すことも可能ということですか？」

朧はどう見ても四十を超えている。シカマルよりも二十ほど年上なのは間違いない。

「できまする。いずれかの標的を定め、そのチャクラの質と量をすっかりそのままシカマル殿にトレースさせることも可能にござる」

この男が〝トレース〟などという言葉を発すると、かなり違和感がある。

カカシが割りこむ。

「身を隠すのには最適な術であると思うが？」

「大丈夫でしょう。で、この娘さんは？」

シカマルはそう言って鎌のほうを見た。〝娘さん〟という言葉に鎌が細い眉をピクリと吊り上げる。まだまだ子供なところは抜けきれていないようだ。それがこの忍の短所なのか長所なのか、それはまだわからない。

「実際に見せてやったほうがいいんじゃないか？」

カカシが言うと鎌はうなずいてシカマルに背をむけた。

右腕をあげた鎌の指先がカカシの背後の開け放たれた窓の外をさしている。その延長線上に一羽の燕《つばめ》が飛んでいるのをシカマルの目はしっかりととらえていた。

「私の武器はチャクラの針……」

ささやく鎌の手からオレンジ色の閃光《せんこう》がほとばしった。

燕はちょうど窓と窓の間の太い柱の陰《かげ》に隠れた。もし鎌がこのタイミングでチャクラを放ったのなら、絶対に当たりはしない。チャクラは柱にぶつかり、壁面にヒビを刻《きざ》む。

が……。

柱には傷は入らなかった。なのに、窓の外で燕が甲高《かんだか》い鳴き声をあげる。

シカマルは窓へと走った。

身を乗り出すようにして燕が飛んでいたあたりの下の地面を見つめる。

燕はたしかに死んでいるように見えた。

「勘違《かんちが》いしてもらっちゃ困るシ。私は無駄な殺生《せっしょう》はしないシ……」

背後に立った鎌が言った。それと同時に燕がむくりと起き上がり、さっと天高く舞い上がる。

「チャクラが活性化するツボを貫《つらぬ》いたから、あの燕はさっきよりも何倍も元気だシ」

「壁はどうやった?」

窓から手をはずし振りむきながらシカマルは問う。まだ背丈《せたけ》が伸びきっていない少女は、無邪気な笑《え》みを浮かべながら薄紅色《うすべにいろ》の薄い唇をぺろりと舐めた。

「一度標的を狙《ねら》い定《さだ》めたら、視界から消えてもチャクラの針はどこまでも追っていくんだシ。標的を貫くまで私の針は止まらないシ」

朧の術でチャクラを消し、時には変容させながら敵の只中《ただなか》まで潜入する。そしてゲンゴのすぐそばまで近づいて己《おのれ》の影首縛《かげくびしば》りの術で動きを封じ、遠くで狙いを定めている鏃のチャクラの針で仕留める。

大丈夫だ。

やれる……。

「ひとつだけいいか?」

不敵な笑みを浮かべながらシカマルの顔を見あげている鏃に告げる。

「なんだシ?」

「そのシィ、シィ言うのはなんとかならんのか?」

＊

追ってくる……。

ヤツらだ。
音忍《おとにん》。
大蛇丸《オロチまる》の手下どもだ。
いや……。
いつからオレは追われていた?
追っていたのはオレのほうだ。
救いださなければならないヤツがいる。
うちはサスケ。
なにごともそつなくこなす、いけすかない野郎だ。
でも仲間なんだ。
絶対に助けだす。
初めてのリーダーを任《まか》されたんだ、失敗は許されない。
仲間が……。
仲間がどんどん殺されてゆく。
チョウジ。
キバ。

ネジ。

そしてナルト……。

オレ一人残された。

音忍たちに囲まれている。

ヤツらはせせら笑っている。

ゴメンよ……。

みんなゴメン。

次はもう失敗しないから。

だから頼む、死なないでくれ。


「頼むッ！」

自分の叫び声に驚き、蒲団《ふとん》を跳《は》ね飛《と》ばすようにして起きた。全身がびっしょりと汗に濡《ぬ》れている。

夢を見た。

中忍《ちゅうにん》選抜試験に合格し、はじめての任務だった。大蛇丸の手引きによって里を抜けようとするうちはサスケを奪還するという任務だ。

仲間は同期の面々とネジ。

サスケを追うなかで仲間は一人一人欠《か》けてゆき、最後はシカマル自身もナルトにすべてを託《たく》し音忍との対決を選んだ。

結果、サスケは里から去り、仲間たちはみな傷を負った。

中忍として、リーダーとして臨《のぞ》んだはじめての任務は失敗に終わったのである。

汗に濡れた額に掌《てのひら》を当て、ゆっくりと深呼吸をした。

どうしてあんな夢を？

これまで一度も見たことがなかった情景である。

たしかに心にはいまもあの時の傷が残っている。みずからの最大の汚点として、自分を律《りつ》する時にはかならず思いだす一件だった。

あの時ほど追い詰められたことはない……。

夢は深層心理の発露《はつろ》だという。

ならばいまオレは追い詰められているのか？

「大丈夫だ……。大丈夫だシカマル……」

自分で自分に言い聞かせるなど柄《がら》にもないと思いながらも、言葉が勝手に口からこぼれ出していた。鼓動《こどう》が早鐘《はやがね》のように鳴っている。もう今夜は眠れそうにない。

朝日が昇れば出立《しゅったつ》だった。

六

ゲラゲラと底なしに陽気な笑い声をあげながら十歳くらいの男の子たちが通り過ぎた。その後ろからは険《けわ》しい顔つきの三十代らしき男が急ぎ足でどこかにむかっている。子供たちは忍者学校《アカデミー》に、男はおそらく仕事に行くのだろう。通りの脇《わき》にある早朝からやっている惣菜屋《そうざいや》の店先では主婦らしい数名の女性が世間話に花を咲かせている。

いつもの朝、いつもの風景だ。

平穏な朝の里をシカマルは火影《ほかげ》の屋敷のほうにむかって歩いていた。里の表玄関である〝あ・うんの正門〟から真《ま》っ直《す》ぐ火影の屋敷までつづく大通りである。通りは火影の屋敷でどん詰《づ》まりとなっており、その裏に歴代火影を刻《きざ》む顔岩があった。

火影の屋敷にむかっている訳《わけ》ではない。その裏手に用があった。

任務を受けた忍《しのび》たちは普通、あ・うんの正門を潜《くぐ》って里を出ることになっている。別に決まりではないが、自然とそういうことになっていた。しかし暗部《あんぶ》だけは違う。極秘《ごくひ》任務に就《つ》くことが多い暗部の者たちは、里の人間にさえ知られずに出立《しゅったつ》するため火影の屋敷の裏手にある顔岩脇の裏門を通ることになっていた。

シカマルがむかっているのはその裏門である。

今回の任務は里の者にも秘密だった。知っている者はカカシと少数の首脳陣のみ。あとはシカマル本人と連れてゆく鏃《ソク》と朧《ロウ》だけだ。

里を離れたあとの処置はすでにカカシに任《まか》せている。里の者たちには連合の仕事で里の外に行っていると言ってもらうことになっていた。

誰にも知られずに里を出て、誰にも知られずに戻ってくる……。

それが理想だった。

「ん？」

裏門へと急ぐシカマルが視界になにかをとらえた。

金髪の男……。

むこうもシカマルに気づいた。

「よぉ、シカマルじゃねぇか。こんな早くにどうしたんだってばよ？」

同い年とは思えぬほどに幼い笑顔を浮かべながら、男がシカマルへと駆け寄ってきた。

左右の頰《ほお》に三本線、淀《よど》みのない蒼《あお》い瞳《ひとみ》……。

「お前こそ、こんな早い時間にどうしたんだナルト？」

シカマルは男の名を呼んだ。

うずまきナルト。

先の大戦を終息に導いた英雄であり、四代目火影の息子《むすこ》。生まれてすぐにその身に九尾《きゆうび》を封じこめられ、幼い頃から周囲の偏見の目にさらされながらも火影をめざし真っ直ぐに歩いてきた男である。いまやカカシの次の火影候補筆頭だ。

「なんか夕べはあんま眠れなくてよぉ、朝早く起きちまったから〈一楽《いちらく》〉にラーメン食べに行った帰りなんだってばよ」

「こんな早くからやってんのか、あの店」

「最近、二十四時間営業になったんだぜ」

嬉《うれ》しそうにナルトが言う。

「だからってこんな朝っぱらからラーメンなんかよく食えるな」

「朝昼晩いつでもオッケーだってばよ」

「自慢するようなこっちゃねぇだろ」

「オレの身体《からだ》の半分はラーメンでできてる」

真顔のナルトが胸を張った。

シカマルの口から自然と溜息《ためいき》が漏《も》れる。

「いまやお前は大戦終息の英雄なんだぜ、ちったぁ身体のことも考えろよ」

「英雄は英雄、ラーメンはラーメンだってばよッ！」

「意味がわからねぇぞ、その理屈」

「でへへ」

鼻の下をこすりながら笑う姿は、忍者学校《アカデミー》の頃からちっとも変わっていない。ナルトは純粋なまま真っ直ぐに生きている。その真っ直ぐさが周囲を変え、自分を変えるのだ。里の爪《つま》はじき者だったナルトはその純心さで次第《しだい》に仲間を増やしてゆき、ついにはこの世の一切《いっさい》を恨《うら》み闇《やみ》の底に落ちてしまった親友のうちはサスケまでも救ってみせた。

なかなかできることではない。

いや……。

ナルト以外には誰も真似《まね》のできない芸当である。

そんな真っ直ぐなナルトが幼い頃から抱《いだ》いていた夢が、火影になることだ。誰からも相手にされず注目を集めたいがために悪戯《いたずら》ばかり繰《く》り返《かえ》していた頃から、火影になるとずっと言いつづけていた。最初は誰も信じていなかった。が、いまは里の誰もがカカシの次はナルト以外にありえないと思っている。

ナルトは太陽だ。

決して尽《つ》きることのない炎を身中に宿《やど》し、煌々《こうこう》と輝く太陽なのだ。その情熱に照らされた者はみな心を開き彼の仲間となる。

これまでもこれからもナルトは変わらずに進みつづけるだろうと思っている。そして実際にそうなるはずだ。ゆくゆくは火影となり里の者の信望を身に受けながら、ますます輝きを増してゆくことだろう。

しかし太陽はその輝きのため陰《かげ》を知らない。これまで闇に囚《とら》われた者たちと幾度《いくど》となく戦ってきたナルトだが、決して自分を曲げることはなかった。どんなに深い闇に落ちた人間であろうとかならず光を求める心がある。そう信じて戦うナルトが敵を変えてゆく様《さま》をシカマルもなん度も目にした。

どんな暗闇のなかでも光を失わない。

だからナルトは真の意味での陰を知らない。

人にはどうしたって拭《ぬぐ》いきれない闇がある。すべての人を等《ひと》しく救おうというのは無理な話なのだ。どんなにおおきな手で救い上げても、かならず指の間から漏れる者が出てくる。仕様がないことも世の中にはあるのだ。

しかしナルトはそうは思わないだろう。どれだけ不可能と思われる状況であろうと、すべての人を救うことを諦《あきら》めない。それがナルトという男だ。

それでいいとシカマルは思う。

なにごとにも純粋で真っ直ぐなナルトは、太陽でありつづけるべきなのだ。

光が強ければ影もまた強くなる。

その影を背負う者がいればいい。

シカマルはそれが己《おのれ》の役目だと思っている。

影を操《あやつ》る術を得意とする自分にもってこいの役目ではないか。

ナルトを火影にし、みずからはその参謀《さんぼう》となる。それがシカマルの夢だ。つねにナルトのそばにいて、彼の光の隙間《すきま》にできる陰をできるだけ拾い上げなければならない。

そこまで考えがいたった瞬間、腑《ふ》に落ちるものがあった。

なぜ自分がこれほど頑《かたく》なに黙《しじま》の国に行くことを志願したのか？

ナルトのためだ。

黙の国がこれ以上強大な勢力になれば、きっとナルトは苦しむ。そして彼にとって黙の国は最大の障害となるだろう。

だから芽のうちに摘《つ》んでおく。

ナルトの陰を背負うと決めたシカマルが、みずからの手で障害の芽を摘むのは当たり前のことなのだ。

「お前はなにしてんだよ？」

ナルトが問う。

「散歩だ」

「こんな朝っぱらから？」

「ラーメン食べてるお前よりもよっぽど朝らしい行動だと思うぜ」

「たしかに」

二人して笑う。ひとしきり笑ったあと、シカマルは問うた。

「今日は休みか？」

「そんな訳ねぇだろ。どっかの誰かさんがめんどくせー任務ばっかり持ってくるから、もう半年くれぇ休みなしだ。今日も昼から任務に行くってばよ」

どっかの誰かさんとはシカマルのことである。

「お前のために取ってきてる任務なんだから文句言わずにやれ」

「つっても少しくれぇ休みが欲しいってばよ」

「次の火影候補だと目《もく》されてはいるが、いまが一番大事な時なんだ。自覚しろ」

「わかってるってばよ……。でもよぉ」

「でもじゃねぇ」

むずかる子供をさとすようにシカマルは言う。

「里のみんながお前を認めてる。だからこそ多くの任務をこなして、やっぱりナルトでなければとみなに思わせなきゃなんねぇんだ。大戦からもう二年近く経《た》ってる。終戦の英雄ってだけで認められるほど甘くはないんだぜ」

「はいはい……」

口をとがらせて答えたナルトが、おおきな欠伸《あくび》をした。

「腹も膨《ふく》れたし、帰ってもうひと眠りすっかな」

「寝坊すんなよ」

「おう」

思いっきり目を細めてナルトが笑い、シカマルの横を通り過ぎる。

「おいナルト」

肩越しに振り返って呼び止めた。

「んあ?」

気の抜けた声をあげナルトが振り返った。

「お前は火影になる男だ、忘れんなよ」

「まっすぐ自分の言葉は曲げねぇ。それがオレの忍道《にんどう》だ」

「オレたちの……。だ」

「あぁ」

右手を大きくあげてナルトが背をむけ歩きだした。去ってゆく後ろ姿をしばし見送ってから、シカマルも歩きだす。

「オレがお前を火影にする……」

自分の言葉は曲げないと誓ったシカマルの決意だった。

「待たせたな」

目の前に立つ鎌と朧に告げる。今回の任務は里への潜入、そして標的の暗殺である。隠密行動のみで行える仕事ではない。だから二人とも面は着けていない。

「黙の国の実情の偵察、消息を絶《た》ったサイと暗部の捜索《そうさく》。しかし最優先事項はゲンゴという男の暗殺だ」

シカマルの言葉に二人が黙したままうなずく。

カカシすらも見送りに来ていない。人気《ひとけ》のない裏門に三人だけが立っている。顔岩の麓《ふもと》の雑木林《ぞうきばやし》にある裏門は、昼間でもじめじめとして薄暗かった。

「暗殺するのですから観察は不要ですな……」

鷲《わし》の嘴《くちばし》のような鼻に空《あ》いたおおきな穴を広げながら、朧が〝観察〟という語をやけに強調させて言った。意味がわからずシカマルは戸惑《とまど》う。すると朧の隣《となり》に立っていた鏃が申《もう》し訳《わけ》なさそうに口を開いた。

「面白いくらい思いっきり滑《すべ》ってるシ……」

言われた朧がうろたえている。目尻《めじり》のあたりに汗がにじんでいた。

鏃が朧から目をそらし、シカマルを見た。

「偵察の意味で観察って言って、暗殺と観察を無理矢理掛けたんですよこのオッサン……。この人たまにこういうどうしようもないダジャレを言うんで気をつけたほうがいいシ」

なにに気をつければいいのだというツッコミを飲みこんでシカマルは咳払《せきばら》いをした。気を取り直すようにして、もう一度二人にむかって口を開く。

「門を出たら一気に走る。いいな?」

「わかってるシ」

楽しそうに答える鏃の隣で、頬《ほお》を赤く染めた朧がうなずく。

「じゃあ行くぞ」

言うとシカマルは、人が二人並んで通るのがやっとというちいさな裏門を力強く開いた。

七

深紅《しんく》の髪が風に揺れているのを、テマリは背後から眺めていた。我《わ》が弟ながらなんと様《さま》になる姿かと思う。

砂隠《すなが》れの里が一望のもとに見渡せる丘に立っていた。里の者はここを〝風読みの丘〟と呼んでいる。この丘で一年中止《や》むことのない風に吹かれながら里を見るのが、弟の唯一《ゆいいつ》の休息だということをテマリは知っていた。

「なにか用かい姉さん？」

顔だけを振り返らせ、弟が言った。つるりとした艶《つや》やかな額《ひたい》に〝愛〟の一字が刻《きざ》まれている。

砂瀑《さばく》の我愛羅《ガアラ》……。

数年前まではこの名を聞けば他里の者たちはみな震え上がったものだ。それがいまではどうだ。砂隠れの里の長《おさ》であり、連合の重鎮《じゅうちん》。忍界《にんかい》になくてはならない存在となった。

すべてはナルトのおかげだ。

ナルトと同様、幼い頃にその身中に尾獣《びじゅう》を宿《やど》した我愛羅は、己《おのれ》だけを愛し他者はみな敵であると頑《かたく》なに信じ、誰も受け入れようとはしなかった。姉であるテマリや兄のカンクロウに対してさえも、あの頃の我愛羅は心を許すことはなかった。姉や兄でも容赦《ようしゃ》はしない。気に入らなければ殺す。言葉にはしなくても、全身から放たれるおびただしい殺気から、そんな弟の声が伝わってきていた。

そんな弟に唯一本気でぶつかったのがナルトである。

〝人柱力《じんちゅうりき》〟として生きてきた我愛羅を、ナルトは決して見捨てようとはしなかった。人の枠を超えた死闘を演じた二人は、次第《しだい》にたがいを認めていったのだ。暁《あかつき》によって弟の身体《からだ》から尾獣が抜き取られた際には、死のうとする我愛羅を、ナルトはみずからのチャクラを惜しげもなく分け与え救ってくれた。そして我愛羅はナルトを〝友〟と知覚する。

弟が変わったのはそれからだ。

不器用な性格の弟は、少しずつゆっくりと変わっていった。テマリやカンクロウへの接し方や話し方が変わり、里の者への態度が変わり、他里の者たちに対する感情が変わってゆく。

そして我愛羅はみなに認められた。

ナルトという男に本当に感謝している。そしてナルトを生んだ木《こ》ノ葉隠《はがく》れの里のこともまた好ましく思っていた。あの里の者たちは忍《しのび》としての誇りが非常に強く、一本筋の通った者が多い。

ふと、ヤツの面影《おもかげ》が脳裏《のうり》をよぎる。テマリは胸の奥がチクリと痛むのを感じ、ちいさな舌打ちをした。

「どうしたんだい姉さん？」

「あ、あぁ……」

テマリは我愛羅の隣《となり》に立つ。心配そうに姉を見つめる我愛羅の瞳《ひとみ》が、澄んだ光をたたえていた。姉を想《おも》う弟の心が、痛いほど伝わってくる。

テマリは無意識のうちに目をそらしていた。

砂隠れの里はつねに乾いている。砂漠の真んなかにあるせいで雨が降らない。とうぜんのように風には砂が混じっている。

「砂が目に入っちまった」

「めずらしいね、姉さんらしくもない」

「そ、そうだね……」

砂隠れの里に生まれた者は、砂と風との付き合いには慣れている。砂埃《すなぼこり》で目をやられるようなことはない。

砂が目に入ったというのは言《い》い訳《わけ》だ。

「シカマル……」

我愛羅が唐突にヤツの名前を口にした。テマリは驚きで身体を硬直させるのを、止めることができなかった。虚《きょ》を衝《つ》かれて固まる姉のことを詮索《せんさく》することもなく、我愛羅は淡々と言葉を継《つ》いだ。

「彼、最近おかしいよ。連合本部で会った時もなんだか心ここにあらずといった感じだし、ちょっと働きすぎなんじゃないかな」

「アンタもそう思ってたんだ」

我愛羅がうなずく。

「数年前まで人のことを好意的に見られなかったから、いまでは逆にみんなの素振《そぶ》りや様子《ようす》がすごく気になるんだ。だから多分オレは人よりも他者の心の動きに敏感なんだと思う」

元来、根が真面目《まじめ》な弟である。一度こうと信じるととことんまで実行する男だ。だから一度心を開くと決めたから徹底的に実践している。そんな弟がシカマルの微妙な変化に気づいたとしてもなんの不思議もない。

「彼はなにかを隠してる」

「うん……」

同意するようにテマリは答えた。

「彼は連合や忍のこれからを誰よりも真剣に考えている男だ。そんな彼が連合を揺るがすようなことはしないと思う」

連合に参加する各隠れ里は全体に影響するような国内外の事件や問題に関して報告するという義務がある。我愛羅はそれを言っているのだ。テマリも、シカマルは木ノ葉隠れの里のなかでなにかただならぬ事態を抱《かか》えていると見ている。あれほどの男が隠せないほどの苦悩だ。おそらくその事態は忍全体の問題ともなるような案件であろうと思う。

「思い当たる節《ふし》はあるかい姉さん？」

「どうだろう」

連合内でシカマルと一番よく仕事をしているのはテマリである。だから弟は問うたのだ。

「ないこともないが……。確信は持てない」

黙ったまま我愛羅がテマリの言葉をうながす。

「大戦の行方《ゆくえ》不明者と各里の抜《ぬ》け忍《にん》について、かなり真剣に調べていた」

テマリから目をそらした我愛羅がふたたび里を見た。弟の眉間《みけん》に皺《しわ》が寄っている。

考えているのだ。

急に風が強くなる。

顔を叩《たた》く砂が痛い。

「ナルトに聞いてみよう」

我愛羅がつぶやいた。

「行ってくれるかい姉さん」

「あぁ」

テマリは自分の声が弾《はず》んでいることに驚いた。

我愛羅がつづける。

「カカシさんに直接問うても、のらりくらりとかわされるだろうから、まずはナルトにシカマルのことを聞くんだ。そしてもしも彼がなにかただならぬ事態に直面しているようならば全力で助けなければならない。砂隠れの忍が必要ならば、どれだけ使ってもらってもかまわない」

「シカマルは木ノ葉の忍だよ?」

「砂だ木ノ葉だという時代はもう終わったんだ。彼は連合に必要な男だ。力になるのはとうぜんのことだ」

「ありがとう……」

「姉さんが礼を言うことじゃないさ」

頭を下げたテマリの目から涙がこぼれ落ちた。顔を上げてそれを拭《ぬぐ》いながら、我愛羅に微笑《ほほえ》みかける。

「今日の砂はやけに目に入るじゃないか」

*

「ねぇねぇ、サクラちゃん聞いてる?」

胸の高さまで積み上げられた本の山に肘《ひじ》をつきながらナルトは言った。膨《ふく》れっつらを両手で支えながら、壁一面に並んでいる本棚を忙《せわ》しなく駆けずり回るサクラの後ろ姿を眺めている。

「サイのヤツはもうひと月以上姿を見てねぇし、シカマルの野郎はなんかやけによそよそしかったんだってばよ。ねぇねぇ、なんかオレに隠してることない?」

「ないわよッ!」

殺気立った声がナルトの腑《ふ》抜《ぬ》けたつらを打つ。

「アンタ、任務はどうしたのよ?」

「今日は終わった」

「だったらサッサと一楽《いちらく》でラーメン食べて家に帰って寝なさいよッ」

「ええ〰〰、だって久しぶりにサクラちゃんが火影《ほかげ》屋敷に来てるっていうから、こうやって顔を見せたのにぃ……。元第七班としてあまりにも冷たい態度だってばよ」

唇《くちびる》をとがらせるナルトを見たサクラが、その面前に立った。両手を腰に当て、ナルトをにらみつける。

「私はいま綱手《ツナデ》様と一緒に医療忍術の体系化と連合内での機構造りに大忙《おおいそが》しなのッ！　今日も綱手様が火影時代に残していた資料を取りに来たのッ！　時間がないのッ！　しかもそれ全部プライベートを削ってやってんのッ！　任務を済ませたあとの時間しかないから本当に忙しいのッ！　だからアンタの無駄話を聞いている暇はないのッ！　わかった？」

言うとすぐにまた本棚へと足をむけた。

「アンタ最近、ヒナタとはどうなってんの？　私なんかよりヒナタのほうがちゃんと聞いてくれるんじゃないの？」

「なに？　焼《や》き餅《もち》？」

猛スピードで戻ってきたサクラが、ナルトの頭に拳骨《げんこつ》を落とす。石の床に顔から突《つ》っ伏《ぷ》すナルトを鬼の形相《ぎょうそう》のサクラが見下ろしている。

「んな訳《わけ》ないでしょッ！　私はサスケ君を待つって決めたんだからッ！」

「は、はい……」

倒れたままでナルトが答える。次の瞬間、それまで緩《ゆる》みきっていたナルトの目が急に険《けわ》しくなった。それに勘《かん》づいたサクラも少しだけ真剣にナルトのことを見つめている。

「でもよ、なんか最近やけに胸騒ぎがするんだってばよ」

「身体のなかの尾獣が騒いでんの？」

ナルトの身体にはいまも九尾《きゆうび》が居座っていた。それとは別に八匹の尾獣の残滓《ざんし》も残っている。いわばナルトの身体は十尾《じゆうび》の人柱力のようなものだった。先の大戦で十尾の人柱力となったオビトは、忍の始祖である六道仙人《りくどうせんにん》に匹敵《ひつてき》する力を得た。

尾獣たちを身体に飼うナルトもまた、六道仙人の能力の一端を宿している。ナルトの〝胸騒ぎ〟が、常人が感じるそれとは異《こと》なっていることをサクラは知っているのだ。

「尾獣たちがどうこうって訳じゃなくて、なんかオレ自身が感じてるんだってばよ」

「だったら勘違いじゃない？」

「酷《ひで》えなぁ……。オレ自身の評価はゼロかよ」

寝転がったまま、またもナルトが膨れる。

「だってアンタが心配したって仕様がないじゃない。サイもシカマルもすでに立派な忍なんだよ。本当にアンタの力が必要になったら助けを求めてくるだろうし、そうじゃなくても火影様が言ってくるはずだよ」

「ぇぇ〜〜〜、カカシ先生は信用できないってばよ」

「アンタよりは何倍もましよッ！」

寝転がるナルトの尻《しり》にサクラの蹴《け》りが炸裂《さくれつ》する。強烈な勢いでナルトの身体が浮いて、壁際《かべぎわ》で直立した。気をつけの体勢のまま、ナルトは怯《おび》えるようにサクラを見つめる。

「クダクダ言ってないでアンタはアンタの任務を確実にこなしなさい。それをサイもシカマルも望んでるんだから。特にシカマルはアンタが火影になるために、連合でも里でも必死に頑張ってんだよ。アンタが期待に応《こた》えなくてどうすんのよ」

「それはわかってるってばよ……。だからこそあいつらのことが心配なんだってばよ」

サクラが溜息《ためいき》をつく。

「しっかりしなさい。アンタがそこまで想う仲間たちなんだから、下手《へた》なことじゃ死んだりなんかしないよ」

「死ぬだなんて縁起の悪いこと言うなってばよっ！」

「あぁもうッ！　あぁ言えばこう言う、こう言えばあぁ言う。めんどくさいんだってばよおおおッ！」

ナルトの口癖を真似《まね》たサクラが飛んだ。

「帰って寝ろぉッ！」

飛び蹴り。
吹っ飛んだナルトがドアを破って部屋の外に出ていく。
見送るサクラが笑顔で手を振っていた。

黙《しじま》の国

一

昼夜の別なく三日間走りつづけ、シカマルらは黙《しじま》の国へと辿《たど》り着《つ》いた。

黙の国は大陸の西端の小国である。国土の七割近くが山と森に囲まれ、残った三割の平野部が国土の各地に点在していた。その平野に作られた町は、どれも村程度の規模しかない。五大国のひとつである火《ひ》の国に属する木《こ》ノ葉《は》隠《がく》れの里出身の三人にとっては、ひなびた田舎《いなか》という程度の感想しか持ちえない国だった。

黙の国の中心である幄《とばり》の里は、国のほぼ中央に位置している。国境を抜けてからは、つねに山野を駆け抜け、シカマルたちが幄の里に辿り着いたのは木ノ葉を出てから四日目の夕刻近くになっていた。

貧しい国とはいえ、中心の里ともなるといくばくか都会の風情《ふぜい》がある。藁屋根《わらやね》が多かった村々の家屋とは違い、幄の里の家はどれほどちいさくても立派な瓦屋根《かわらやね》だ。鉄筋コンクリートの建物も多く、街並《まちなみ》は綺麗《きれい》に区画整理されている。

里の街路は蜘蛛《くも》の巣のような形をしていた。何重もの同心円と、中心から放射状に伸びた道によって仕切られ小分けになった土地に、民家やアパートが建ち並んでいる。

その同心円の中心に一際《ひときわ》大きな建物があった。里の外から見た場合、群立する家並のなかにこの建物がひとつだけ突出している。十数階建てのその建物は、一層一層を仕切るように深紅《しんく》の瓦屋根が配され、最上階を彩《いろど》るきらびやかな瓦屋根の両端には、左右一対の金色の獅子《しし》像が配されていた。

「あれがこの国の城でございましょうな」

「そんなことドヤ顔で説明されなくてもわかるシ」

里の中心部へとつづく大路《おおじ》を歩く二人の会話を、シカマルは城を見ながら聞いていた。とうぜん木ノ葉の忍装束《しのびしょうぞく》などとっくの昔に着替えている。

国々それぞれ習俗が違えば装束も変わる。潜入時の装束は現地調達に限るという暗部《あんぶ》の二人の申し出を素直に受け入れ、途中の里で一番裕福そうな屋敷に忍びこみ三人分の衣装をそろえて着替えた。衣《ころも》を胸のほうで交差させ腰帯を締《し》めて留《と》め、下半身は幅広の袴《はかま》のようなものを着け、それを脛《すね》まである編《あ》み上《あ》げのブーツの中に仕舞《しま》って裾《すそ》をまとめている。それが黙の国の装束であるらしい。衣はいたって地味。文様《もんよう》などは一切《いっさい》入っていない。シカマルたちが着けているものが地味という訳《わけ》ではなく、幄の里を歩く民《たみ》もみな茶や黒や灰色などの無地の衣であった。

街にある商店の看板もネオンつきのものは一切なく、色合いも大人《おとな》しいものばかり。都会ではあるが鮮《あざ》やかさは皆無《かいむ》であった。

「気づいておられまするかシカマル殿《どの》」

前を歩く朧《ロウ》が言った。潜入に長《た》けた暗部の二人に挟まれるようにしてシカマルは歩いている。前方の備《そな》えは朧だった。

朧の問いはあまりに大雑把《おおざつぱ》である。なにについて気づいているのかという対象が限定されていないから答えようがない。黙っていると、朧は最初から用意していたように自分で自分の問いに答えた。

「大名に仕《つか》える従者どもの姿がありませぬ」

「たしかにそうだな」

話しながらも三人の足は真《ま》っ直《す》ぐ城にむかっている。別段目的がある訳ではない。足が自然と一番大きな建造物にむかっているという程度のことだ。無闇《むやみ》に突入するような愚行は冒《おか》さない。

「往来を歩いておるのは民ばかりにござる。ここまで従者どもの姿を見ぬとは面妖《めんよう》な話でござる」

　時代がかった口調で告げる朧の指摘は的確である。

　大陸の国々を実際に支配しているのは、大名《だいみょう》たちだった。忍は決して政《まつりごと》の表舞台には立たない。国の中心となる里といえば、大名の住まいがあるのが当たり前だ。とうぜん大名の本拠であれば、彼らを世話する従者たちも集まってくる。従者と呼ばれる者たちは大名に仕えているため、民とは区別されていた。普通の者よりも豪華な身形《みなり》をし、物腰も若干居丈高《じゃっかんいたけだか》である。こうして往来を歩いていれば、そのような従者たちの姿を見かけなければおかしいのだ。

「大名がいないのかもしれないシ」

　ボソリと鏃《ソク》がつぶやいた。小国のなかには実際に大名がいずに、民の合議によって政を運営しているところもある。

　しかしこの国は違う。

　確信を持つシカマルは背後を歩く鏃を見ず、城に目をむけたまま口を開く。

「この国は〝ゲンゴ〟という男が支配しているとサイの報告にもあった」

「大名じゃないかもしれないシ」

「なるほど……」

言いながらシカマルは、前方から歩いてくる一人の男を見ていた。漆黒《しっこく》のロングコートを着こんだ目つきの鋭い男である。シカマルたちが着ている黙の国の装束とは明らかに雰囲気が違う。〝暁《あかつき》〟の着ていたものに似ているが、赤い雲の模様はなく、暁のコートのように口元まで隠すような襟《えり》もない。合わせ目はファスナーとは違い、銀色の金具で装飾された大きなボタンが首元から腰のあたりにかけて五つ並んでいた。

「さっきからああいう格好《かっこう》のヤツに結構出くわしているとは思わないか？」

「某《それがし》もそれには気づいており申した」

「人が言ったことにそんなにアッサリと後から乗っかるフツー？」

「あの格好……。格好の標的にござるな」

「うるさいシ、だまれオッサン」

冷淡な鏃のツッコミを無視しながらシカマルはつづけた。

「あそこの男に見覚えはないか朧？」

シカマルが往来の脇《わき》にある茶店の前に置かれた緋毛氈《ひもうせん》の敷かれた長椅子《ながいす》に目をむけた。

肩越しにわずかに振り返った朧が、シカマルの視線を追うようにして茶店へと顔をむける。

「ま、まさか……」

「えっ！　どういうこと？　訳わかんないシ……」

鋏の言葉を聞き流してシカマルは朧に語りかける。

「やっぱりそうか、なんとなく見覚えがあったんだ」

長椅子に姿勢よく座り、瞑目《めいもく》しながら茶を飲んでいる男を二人して見る。その男もロングコートを着ていた。

男が店の者を呼ぶ。ペコペコとなん度も頭を下げながら、店主らしき翁《おきな》が店の奥から出てきた。その卑屈《ひくつ》なまでにへりくだった様子《ようす》は、まるで大名やその従者たちに媚《こ》びを売る民のようだった。

「あれは暗部にいたミノイチにござる」

「その男は……」

「大戦の時に行方《ゆくえ》不明になったはずだシ……」

シカマルの言葉を切って鋏がつぶやいた。三人はミノイチに気づかれないように目をそらし、茶店の前を通り過ぎる。

「こりゃあ直接聞いてみたほうが早いみてぇだな」

心の奥で火花がチリチリと爆《は》ぜる。

シカマルの口角は自然と上がっていた。

＊

「もう動けやしねぇぜ」

歯を喰《く》いしばり顔じゅうに必要以上の力を込める男に、シカマルは淡々と言った。袋小路《ふくろこうじ》である。鉄筋コンクリートの建物に挟まれ昼でもジメジメとしている人気《ひとけ》のない場所をわざわざ選んだのだ。

鎌と朧は袋小路の出口を見張っている。数々の潜入をこなしてきた暗部の手練《てだ》れである二人は、建物の陰《かげ》に隠れて息を潜《ひそ》めながらじっと路地のほうに神経を集中させていた。

シカマルの足元からは建物の陰になった薄暗さよりも濃い闇《やみ》がにじみだしている。左右の足から這《は》いだしたそれは、二匹の漆黒の蛇《へび》のように地面を這いながら目の前の男の身体《からだ》に絡《から》みついている。蛇は男の胴のあたりで交《まじ》わり巨大な掌《てのひら》の形に変じていた。そしてその指先はじりじりと男の首へとむかっている。

影首縛《かげくびしば》りの術……。

シカマルの生まれた奈良《なら》家は、代々影を利用する術に長《た》けた家系である。影首縛りは、自分の影で相手の動きを封じる術だ。この影は物理的な力を有している。よって影で敵の身体を拘束《こうそく》するだけではなく、直接ダメージを与えることも可能だ。

「オレの影でアンタの首を絞《し》めることだってできるんだぜ」

「ま、まさか……。な、なぜ貴様が……」

「アンタ、オレのことを知ってんのかい？」

朧が言うにはこの男は木ノ葉の暗部にいた忍である。シカマルを知っていても不思議ではない。

「オレはあんたの名前を知ってるぜ、ミノイチさん」

「そ、そんな名は知らん」

「とぼけんなよ、アンタ、元は木ノ葉隠れの忍なんだろ？」

「し、知らん」

ミノイチの身体を這う自分の影に念を込める。首筋へとむかっていた掌を象《かたど》った影が、ミノイチの喉仏《のどぼとけ》をつかんだ。

「かはッ……」

喉をつまらせミノイチが苦悶《くもん》の声をあげる。

「アンタが木ノ葉の生まれなら、奈良家のこの術でどういうことができるかもとうぜん知ってんだろ？」

このまま絞め殺すこともできる……。

そう脅《おど》しているのだ。

「なんでアンタはこんな所でそんな格好をしている？」

「お、オレはもう忍ではない」

シカマルをにらむミノイチが掠《かす》れた声で言った。

「俺は革者《かくしゃ》だ」

「革者？　そいつぁなんのことだい？」

「きゅ、旧態依然《きゅうたいいぜん》とした忍の世界にのんべんだらりと生きているお前たちのような者には、オレたちの崇高《すうこう》な志《こころざし》などわかりはせぬ」

「なに訳のわからないことを言ってんだアンタ。オレは〝革者〟ってのがなんなのかって聞いてんだぜ」

影の指先にさらに力を込める。

「ぐうっ……」

ミノイチが呻《うめ》いた。

「このまま縊《くび》り殺《ころ》しちまったっていいんだぜ」

自分でも吐き気がするようなセリフを吐いた。

心が闇に侵《おか》されてゆく……。

「オレが説明したところで、理解できる訳が……。くぬぅっ！」

喉仏まで影を伸ばして、一気に力を込めた。

「無駄話ばっかりしてっと本当に殺《や》っちまうぞ」

ミノイチを見つめるシカマルの瞳《ひとみ》は、完全に瞳孔《どうこう》が開ききっていた。

「わ、わかった……」

「わかりましただろ？」

「わかりました……」

影の力を弱めると、ミノイチが涙目で咳《せ》きこんだ。

「さぁ答えろ。革者とはなんだ？　元忍であるアンタたちはなにをしようとしている？」

矢継《やつ》ぎ早《ばや》に繰《く》り出《だ》される問いにミノイチが目を白黒させる。シカマルの冷酷《れいこく》な表情を見て、無駄な言葉は一切許されぬことを悟《さと》り、おおきく息を吸いこみ一気に語りだした。

「この国は我《われ》ら〝革者〟が支配している。大名などという下賤《げせん》な者どもは、すでにこの国にはいない。革者とは忍であった者たちがゲンゴ様の崇高な志によって目を開かせてもらった後の称号である。我らがゲンゴ様とともに目指すのは、この世界の真の革命だ。お前たちがなにを企《たくら》んでいようと、ゲンゴ様の前では無力よ。オレからなにを聞こうと、この国の真実を知ろうと無駄なことよ……」

言ってミノイチは笑った。

「やめろっ！」

ミノイチが舌を噛《か》み切《き》ろうと力いっぱい上下の歯を噛み合わせた。

いや。

一瞬早くなにかがミノイチの首のあたりを貫《つらぬ》いた。

「全身を麻痺《まひ》させるチャクラの点穴《てんけつ》を突いたから、三日くらいは眠ったまま動けないシ」

いつの間《ま》にか背後に立っていた鎌が言った。

「革者ねぇ……。なんか気取ってるシ、いけ好かないシ」

口をとがらせる鎌の目が、眠るような穏《おだ》やかな表情で寝転がるミノイチを見下ろしていた。

二

無機質なコンクリートの床から伝わる冷気で身体《からだ》が震えるのを、シカマルは抑《おさ》えようともしなかった。窓のない壁も天井も、すべてコンクリートである。

暗灰色《あんかいしょく》の空間に三人車座《くるまざ》になっていた。

三人とも革者《かくしゃ》のロングコートを着けている。すべて奪ったものだ。いま三人がいる部屋も、そのなかの一人のものだった。いまこの部屋の持ち主は、隣《となり》の部屋のクローゼットのなかで鏃《ソク》のチャクラを受け気絶している。

コートを奪う時に尋問することも忘れていない。その結果、いろいろとわかったことがある。

「どうやらシカマル殿《どの》の見立てどおりとなり申したな」

口火を切ったのは朧《ロウ》だった。

「やはりこの国はゲンゴなる男の強烈なカリスマ性によって支配されておるようでござる」

朧は〝強烈なカリスマ性〟と言ったが、シカマルもそれには同感だった。

シカマルと朧のコートのために男の革者が二人。そして鏃のために女の革者を一人。ミノイチを含めあわせて三人の革者を尋問したのだが、そのいずれの者にも言えることがあった。それが異常なまでのゲンゴへの執着と信頼である。

彼らのゲンゴへの信望は、木《こ》ノ葉《は》の忍《しのび》が火影《ほかげ》やナルトにむけるようなものとは一線を画《かく》していた。人が人を想《おも》い慕《した》う。それが木ノ葉における火影やナルトの存在だとシカマルは思っている。同じ人間に対しての尊敬だ。しかしゲンゴへのそれは違う。人が神を恐れ敬《うやま》うかのような強固な力を、シカマルは革者のなかに感じた。端《はな》から人間である自分たちとは違う存在として、ゲンゴのことを無条件に受け入れているのだ。

人をここまで心酔させる男とは如何《いか》なる者なのか？

シカマルは純粋な興味を覚えはじめている自分がいることを自覚していた。

「ゲンゴを始末しちゃえば終わりって、最初からの話だシ」

あっけらかんと鎌が言った。

「そのために私とオッサンが選ばれたんだシ、そうじゃなきゃ逆に私たちの出番はなかったシ。逆によかったんだシ」

〝逆〟の使い方がいささか乱暴だが、鎌の言うことは的を射《い》ている。

「革者たちのゲンゴへの想いは、もはや信仰にござる」

「私も同感だシ」

そう言って鎌がうなずきながら手をあげた。

「あそこまでゲンゴって男のことを慕うってことは、なんかあるシ」

「なんかとはなんだヒノコ？」

「ぬあぁっ、シカマルさんッ！　名前は呼ぶなって言ったシッ！」

細い眉尻《まゆじり》を思いっきり上げながら鎌が右の人差指をピシャリとシカマルの鼻先に突きつ

けた。その先端でオレンジ色のチャクラの稲妻《いなずま》がチリチリと瞬《またた》いている。

「今度名前を呼んだら撃つッ！」

語尾に〝シ〟を付け忘れている。

「なんで？　可愛《かわい》い名前じゃ……」

「それが嫌《いや》なんだッ！」

オレンジの雷《かみなり》がわずかに激しくなった。

「もっと轟雷《ごうらい》とか疾風《しっぷう》とか五月雨《さみだれ》とか、そんな格好《かっこう》いい名前がよかったシ」

有能な忍であっても、やはり中身は十四、五の娘である。格好いいといって並べた名前のセンスが、どう考えても幼稚すぎた。こみ上げてくる笑いを喉《のど》の奥に押しこめながら、シカマルは鎌を見つめる。笑いをこらえている顔を真剣な表情と勘違《かんちが》いしたのか、鎌がちいさく息を呑《の》んだ。

「すまん。お前がそこまで自分の名前を嫌っているとは知らなかったんだ。以降、気をつけよう」

「わ、わかれば別にいいシ……」

ドギマギするように鎌がうつむく。その足元には幄《とばり》の里の地図が広げられていた。この部屋の主《ぬし》が持っていた物である。

「こうして見ると本当に蜘蛛《くも》の巣のようでござるなぁ」

腕を組み朧が言った。

シカマルも幄の里の地図に目を落とす。円の形に広がる里の真んなかに巨大な城の絵が描かれている。その下に〝俘囚城《ふしゆうじよう》〟と書かれていた。

「俘囚……」

シカマルのつぶやきに朧が答える。

「戦《いくさ》においての捕虜《ほりよ》、または中央における周辺に住まう蛮族《ばんぞく》を呼称する際のいわば蔑称《べつしよう》にござるな」

「蔑称か」

朧の解説に相槌《あいづち》を打ちながら、シカマルの頭は回転しつづける。

「この名はゲンゴがつけたのだろうか？　それともゲンゴが城主となる以前からこの名で呼ばれていたのだろうか」

「黙《しじま》の国は他国との関わりを避けつづけてきた国にござる。それ故《ゆえ》、我《われ》ら木ノ葉の暗部《あんぶ》も、この国の城の名前までは知り申さず」

なんとなくシカマルはゲンゴが名づけたような気がした。漠然《ばくぜん》とした直感だ。だから二人には言わなかった。

「どうしてこんな名を国の要《かなめ》となる城につけたのか……」

「五大国や近隣の中小国を中心とした時に、自分たちはあくまで辺境に住まう蛮族である。〝俘囚〟であると自分で自分を卑下《ひげ》しておるのでしょう」

「そうだろうな」

「馬鹿馬鹿しいシ」

二人の会話を黙って聞いていた鏃が、不満そうに口を開く。

「自分から差別されてますなんて宣言するなんて、どんだけ卑屈なんだよって思うシ。つうかそんな後ろむきなヤツらが、忍の世界を根底から覆《くつがえ》すようなことするってのはおかしいでしょ？」

またも語尾の〝シ〟を忘れている。

鏃は怒っているのだ。

ではなにに怒っているのか？

おそらくみずからを俘囚と位置づけるこの国の者たちにだ。

「卑屈だから、後ろむきだからこそ牙《きば》を剝《む》くこともあるんじゃないか？」

シカマルの返答に鏃が嫌悪《けんお》の視線で応《こた》える。真正面からそれを見つめ返し、シカマルはつづけた。

「復讐心ってやつは、相手への恨《うら》みから生まれるもんだ。そして恨みってのはかならずしも直接手を出さなきゃ買わないってもんじゃねぇだろ」

「ではシカマル殿は、この国の者たちは他国を恨んでいると申されるのか？」

「それこそ馬鹿馬鹿しい話だシッ」

またも鎌が割って入る。

「この国を支配している革者ってのはみんな元は他国の忍だっていうじゃないか」

鎌の言うとおりだった。

革者たちへの尋問によってわかったことだったが、この国の支配階層となっている者たちはすべて、もともと他国の忍であった者たちなのだ。先の大戦で行方《ゆくえ》不明となった者の一部、そして一年の間五大国で続発していた抜《ぬ》け忍《にん》たちが、この里に辿《たど》り着《つ》いて革者の一員となり、ゲンゴの下で民《たみ》を統率《とうそつ》しているという。

この国も昔は大名《だいみょう》が支配していたらしい。それらを追いだし、革者という存在を招来し、この国の統治を根底から変革したのがゲンゴだ。

現在の黙の国は忍によって支配されているといってよい状況であった。

「革者が他国を恨むってんなら、元から自分の里を恨んでたってことになるシ」

「そういう忍もいる」

鏃が鼻息を荒らげる。シカマルは冷静な口調を崩《くず》さずにつづけた。

「先の大戦の原因を作った〝暁《あかつき》〟という集団にいたメンバーの大半は抜け忍だった。類《たぐい》まれな才能を有しながら集団に馴染《なじ》めず、忍の世界を嫌った者たちだ」

自分を取り巻く境遇に不満を持ち、その暗い感情を醸造《じょうぞう》させてゆく。その果てにあるのは自国への恨みなのかもしれない。己《おのれ》の不遇や運の悪さは里の仕組みや現状が腐っているせいだ。悪いのは己ではない、里ひいてはこの世界そのものだ。そう飛躍してゆく先に暁や革者のような存在が生まれるのかもしれない。

「もしも……」

朧が地図に目を落としたままつぶやいた。

シカマルも鏃も言葉を待つ。

「革者たちがシカマル殿の申されるとおり、忍の現状に不満を持っておるといたします る」

「うん」

シカマルの相槌を挟んで朧がつづける。

「それでこの国に流れてきた……。しかし、やっていることは忍の世界におった頃となんら変わらぬことではありませぬか」

朧の言ったのは、革者たちの生業《なりわい》についてだった。革者は元忍の集団だ。忍の任務をこなそうと思えば、いくらでもできる。

黙の国の革者たちは独自のルートを使い、大陸諸国から仕事を集めていたのだ。しかも連合の基準よりも安い価格で請け負《うお》うのである。中小諸国のような金のない国にとっては助かる話だ。五大国のような巨大な国にとっても安いに越したことはない。

連合への依頼量が目に見えるほどに減ったのは無理もない話だった。

朧の言うとおりである。

忍の現状に嫌気《いやけ》がさして黙の国に来たはずの者たちが、この国でまた忍の真似事《まねごと》をしているのだ。たしかに滑稽《こっけい》な話だった。

「真の革命だシ……」

鏮がおもむろにつぶやく。二人が視線を送ると、鏮は照れくさそうに天井を見あげながらその薄い唇《くちびる》を動かしはじめた。

「ミノイチが言ってたシ。ゲンゴ様と我らが望むのは世界の真の革命だって」

「そのための依頼の請け負いだと？」

シカマルの問いに鏮がうなずきで答えた。

「まぁいずれにせよ、そのゲンゴという男の顔、一度拝んでおかなければなりませぬな」

「いい機会に恵まれたシ」

言った鏃の細い指先が俘囚城の前にある広場を指《さ》した。

「参加自由の演説とは……。暗殺にはおあつらえむきな舞台でござるな」

朧が悪辣《あくらつ》な笑《え》みを浮かべながらシカマルを見た。普段は質実剛健《しつじつごうけん》を常《つね》とする朧が見せた、殺しを楽しむかのような笑顔。やはりこの男も暗部の人間なのだということをいまさらながらに実感した。

「朧の術を利用して人波に紛《まぎ》れてオレたち二人が広場に入る。もしもゲンゴへとオレの影が伸ばせるようだったら、そのまま拘束《こうそく》する。お前は広場が見渡せる建物の屋上に潜《ひそ》んで、きっかけを待て。ゲンゴに変化があったらすぐにチャクラの矢を放て」

鏃も朧に負けず劣らずの凶悪な笑みを浮かべながらうなずいた。

「お前が頼りだヒノコ」

「だから名前は止《や》めれってなん度言えばわかるんだッ」

怒《いか》りに任《まか》せて鏃が立ち上がった。憤怒《ふんぬ》の形相《ぎようそう》でシカマルを見下ろしている。

「四十回……」

ボソリと朧が言った。

「あぁ?」

先輩に対しての礼などすでに頭にない鏃が、口をへの字に曲げながら朧をにらんだ。しかし朧は怯《ひる》むことなく、鏃にむかって口を開く。

「シカマルの四《シ》にシカマルの〇《マル》。そ、それで四十回」

「シカマルの力はどこに行ったんだよオッサンッ!」

鏃の蹴《け》りをすばやく避《よ》けた朧が、シカマルの背後に隠れた。四十を超えたいいオッサンが、しかもどちらかといえば武骨で体格のいいオッサンが、しかも目の前の娘は自分の後輩であるオッサンが、悲しいくらいに身体を縮こまらせている。お茶目な自分を演出しているのかもしれないが、あまりに気持ち悪くてシカマルは振りむくこともできなかった。

「本当に明日《あした》は大丈夫なのかよ……」

溜息《ためいき》とともに二人に問う。

「大丈夫だシッ!」

「心配御無用にござるッ!」

シカマルを挟みながらにらみ合う二人が同時に答えた。

溜息がもう一度こぼれ出た。

三

里のすべての人間が集まったのではないかと思えるくらい、俘囚城《ふしゅうじょう》前の広場には人がごった返していた。黒いロングコートを着こんだ革者《かくしゃ》だけではない。老若男女《ろうにゃくなんにょ》、貴賤《きせん》の別もなくあらゆる階層の人々が、広場に集《つど》い主役の登場をいまや遅しと待ちわびていた。みなの顔は一様《いちよう》に熱気を帯《お》び、瞳《ひとみ》は爛々《らんらん》と輝いている。高揚《こうよう》しているのか、近くの者と語らい合う声が、おしなべてうるさいくらいに大きい。

人々の熱が充満しているせいか、ロングコートを着こんだシカマルの肌《はだ》は汗で湿っていた。

隣《となり》には朧《ロウ》がいる。

鏃《ソク》は広場の脇《わき》のコンクリートの建物に潜《ひそ》んでいるはずだ。

シカマルは朧の術で、自分のチャクラをコートの持ち主のものへと変じている。質も量もすべてそっくりそのままにコピーしている。朧も同様に、みずからのコートの持ち主のチャクラをまとっていた。二人とも顔にも変装をほどこしている。これも暗部《あんぶ》である朧の技術を用いてのものであった。姿形を真似《まね》ても敵にチャクラの質を見極《みきわ》めることのできる者がいれば、すぐに見破られてしまう。朧の術はそんな変装の欠点を十二分にカバーすることができた。チャクラごと変装してしまえば、見極めることは困難だ。

おまけにこの群衆である。

シカマルたちを敵と知覚できる者などいる訳《わけ》がない。

「とりあえずあの場所の近くまで行きましょうぞ」

声をひそめて朧が言った。その目がむかう先には演壇《えんだん》が設《しつら》えられている。登るための木組みの階段と骨組のみの演壇であった。壇上にはなにひとつ置かれていない。警護の者すらいないのだ。なのに群衆は手が触れられるほど近くまでひしめき合っている。

「本当にゲンゴは来るのでござりましょうや？」

不審げに朧が言った。

無理もない。

これほど無防備な壇上に一国の主《あるじ》が立つというのは、あまりにも危険に思えた。命を狙《ねら》う者の存在を一片たりとも疑っていない。そんな様子《ようす》の演壇なのである。

「とにかく近くまで行って待つ。もしゲンゴという男でなかったら静かに撤退《てったい》すればいいだけのことだ」

「承知いたし申した」

影首縛《かげくびしば》りの術が届く距離まで行けばいい。動きを封じてしまえば鏃のチャクラが確実に仕留めてくれるはず。

「どうやら現れたようにござる」

朧のつぶやきが終わるかどうかという頃、演壇に近い群衆から巨大な歓声《かんせい》があがった。その荒々しい波はみるみるうちに広場中を伝播《でんぱ》してゆき、あっという間《ま》にシカマルを包んだ。鼓膜が破れそうになるほどの声の嵐のなかを、シカマルは群衆を掻《か》き分《わ》けながら演壇へとむかう。

やがて演壇の上に一人の男が現れた。

漆黒《しっこく》のコートは革者と同じデザインであるが、銀細工の留《と》め金《がね》のあたりがみなのものよりも派手な装飾に彩《いろど》られている。袖《そで》にも特別な銀糸の刺繍《ししゅう》がほどこされており、柄《がら》は無数の蛇《へび》だ。髪は濃い藍色《あいいろ》。わずかに顎《あご》が張った男らしい骨格で、目鼻はすっきりと整っている。悠然《ゆうぜん》とみなを見下ろす瞳《ひとみ》には、涼しげな知性が宿《やど》っていた。顎にわずかに髭《ひげ》をたくわえている。歳《とし》の頃は三十代半《なか》ばといったところか。

「ヤツがゲンゴでありましょうな」

歩みを止めず朧がつぶやく。シカマルは答えずにただ前に進みつづける。しかしその脳《のう》裏《り》には、目の前の男がゲンゴであるという確信めいたものがあった。

壇上の男がゆっくりと右腕をあげる。あれほどうるさかった歓声が瞬時におさまった。その反応に満足するように男は目を閉じて口角をわずかに上げる。そして一度深く息を吸ってから瞼《まぶた》を開け、悠然と語りはじめた。

「まずはここに集まってくれたすべての者に感謝する」

深く重く、それでいて涼やかな声だった。耳ではなく身体《からだ》全体に染《し》み渡《わた》るようななんとも不思議な質の声である。シカマルは男の声に心を撫《な》でられたような、えもいわれぬむず痒《がゆ》さを感じた。

どうやら朧も同じような感覚を覚えたらしく、歩きながらわずかにシカマルのほうを見た。視線を合わせずシカマルは足だけを黙々と動かす。

ちいさな辞儀《じぎ》をしてから、男はふたたび語りはじめる。

「私がこの地に起《た》ちて早十年。いまでは多くの同志を得、この国も栄えはじめた。しかしまだまだ我らの想《おも》いはなにひとつ満たされても叶《かな》えられてもおらぬ」

みんなが黙って聞いている。壇上の男が言葉を切ると、異様な静寂《せいじゃく》が生まれた。わずかふた言だけで、広場は完全にこの男が支配する空間となっている。

「黙《しじま》の国に住まう民《たみ》に問いたい！」

いきなりそれまでの穏《おだ》やかな口調とは違った激しい声で男が言った。その魂《たましい》からの叫びと同時に両腕を広げる。

「大名《だいみょう》どもが支配していた頃と、いまのこの国……。いったいどちらのほうが住みよい世界であろうか？」

「ゲンゴ様ぁ！」

民が一斉《いっせい》に歓声をあげた。おおきなうねりとなった声は、男を肯定する言葉で溢《あふ》れている。

「どうやらあの男がゲンゴで間違いのうござりまするな」

朧が言った。シカマルはうなずきを返し演壇へと歩む。すでにあと数メートルで影首縛りの圏内という所まで来ていた。間合いに入ればすぐに拘束《こうそく》する。

一発勝負だ……。

ゲンゴが右手を高々とあげた。民が静まる。

「みなの想いは十分に受け取った。力も知恵も忍《しのび》出身の我らに及ばぬ大名どもに支配されておった暗黒の時代はすでに過去。民よ、もう安心せよ。みなのことは、我ら革者がその力と命をもって永遠に守ろうではないか。みなはひたすらみずからの暮らしのために邁進《まいしん》してくれればよい。それこそが我ら革者の望みだ」

誰もがゲンゴの言葉に酔いしれていた。あまりにも異様な盛り上がりである。涙を流している者までいた。シカマルには正直それほど内容のある言葉だとは思えない。まだ導入であることを差っ引いても、そう上手《うま》い演説とは思えなかった。が、声に奇妙な力があることだけは認めよう。内容ではないところで聞かせてしまう力が、この男の声にはあった。

「黙の国は大陸の辺境にある。この国の歴史は、他国から虐《しいた》げられた歴史。先人たちが国を閉ざしたのは、他者との交流を絶《た》つためではない。己《おの》が身を守るためだった。国を閉じなければならぬほど、この国は弱くちいさかったのだ。しかしそれももう終わる」

ゲンゴの声が次第《しだい》に圧力を増している。

「この世界を治めるべきは大名などではなく、忍の力を持った我々だっ！　忍の力こそ民に安寧《あんねい》をもたらす真の正義。人を超えし力を有した者が、世を統《す》べることこそ本来あるべき姿。忍や民をみずからの下に置き、我欲のためだけに生きる大名など無用のものではないかッ！　この国を見よ。私が大名どもを駆逐《くちく》して十年。国はかつてない繁栄を見せている」

ゲンゴが胸を張る。

「もうすぐだ……」

隣を行く朧に告げる。あと数歩で影の届く距離まで来ていた。

「私はこの世界から大名たちを駆逐《くちく》し、我らによるあらたな世界を築く。なぜ忍が差別されねばならない？　大名よりも優《すぐ》れた力を持つためだ。人として過ぎたる力を持つためではないかッ！　なぜ超越した力を持つ者が虐げられねばならない？　人より優れているということは美点ではないか？　民であろうと優れていれば這《は》い上《あ》がれる。そんな世の到来を恐れるからこそ、大名どもは忍を差別し、隔離し、みずからの勢力下に置いた。忍も民も、大名どもの我欲の犠牲者《ぎせいしゃ》なのだ」

間近に迫ったゲンゴの瞳から蒼《あお》い炎があがったような気がした。

「変革だ……」

あと一歩で間合いに入る。

民の熱狂から判断して目の前の男は十中八九ゲンゴ本人だ。

ここまですんなりと接近できたことにシカマルは驚いている。

罠《わな》の可能性を考える。

しかし相手がシカマルたちを知覚しているとは思えなかった。

この機を逃《のが》すことなど考えられない。

「あらたな世をめざし暁《あかつき》は立った。しかし彼らは忍によって滅ぼされた。差別と支配に甘んじる旧態依然《きゆうたいいぜん》とした忍どもによって滅ぼされたのだ。暁はしょせん、暁……。眩《まばゆ》い朝の先触れに過ぎぬ。聞けっ、黙《しじま》の闇《やみ》に朝日を待つ者たちよ」

ゲンゴが悠然と両腕を広げた。その様《さま》はまるで天から神を迎えるかのようである。

「あらたな時代の陽光は、この黙の国より照《て》るっ！」

民が歓声をあげる。

騒音があたりを支配した。

好機っ！

シカマルは壇上にむかって影を放った。二匹の黒蛇がスルスルと演壇の骨組みを這い上り、ゲンゴの足へと走る。蛇の牙《きば》が足をとらえた時、ゲンゴは動きを封じられ、鎌のチャクラで命を失う。

それまでは自分の言葉に酔っていればいい。

蛇がゲンゴの足を……。

とらえなかった。

「なッ！」

間合いに入ったはずだ。

なのに影が伸びない。

「そこの鼠《ねずみ》」

ゲンゴの凍《い》てついた視線がシカマルを射《い》た。

「気取《けど》られておりまするッ！」

朧が叫ぶ。

ゲンゴの背後から数個の影が飛んだ。

飛来した影が朧にのしかかり、そのまま拘束した。

「くッ」

もう一度、ゲンゴにむかって影を伸ばす。

「無駄だ」

ゲンゴの非情な声。

影が言うことを聞かない。

いままで手足のように動かせていたはずの影が、糸の切れた凧《たこ》のように標的を見失いグルグルと地面をのたうち回っている。

ならば……。

シカマルは壇上へと飛んだ。

策が破れたのならば、みずから戦うのみ。

刃《やいば》が迫っているというのにゲンゴは薄ら笑いを浮かべたまま動こうとしない。

腰のクナイを引き抜き、喉元《のどもと》めがけて振るう。

演壇に爪先《つまさき》がついた瞬間、なに者かがシカマルの身体を真横に蹴《け》り払《はら》った。衝撃で壇上を転がりながら、体勢をととのえ片膝《かたひざ》立ちとなってクナイを構える。

「ま、まさかお前……」

男がゲンゴとシカマルの間に立《た》ち塞《ふさ》がっていた。血色の悪い真《ま》っ青《さお》な顔、感情を読み取れぬ茫漠《ぼうばく》とした瞳、清廉《せいれん》な気性《きしょう》を表すような真一文字《まいちもんじ》に引き結ばれた口元。間違いなくあいつの男だった。

「なにやってんだよ……」

シカマルは男の名を呼んだ。

「……サイ」

四

サイの手のなかで絵筆が躍《おど》っている。もう一方の手にある巻物の上を筆先が走る度《たび》に、虎《とら》が現れシカマルに襲いかかった。

壇上から転がり落ち、敵の只中《ただなか》にいる。

サイだけに構っている暇などないのだ。

頭が混乱していた。

どうして己《おのれ》の術は効《き》かない？

なぜ変装がばれた？

鏃《ソク》は大丈夫か？

敵の攻撃を搔《か》い潜《くぐ》りながらもう一度ゲンゴへむかおうとするシカマルの視界の端に、十数名の革者《かくしゃ》たちにのしかかられて動きを封じられた朧《ロウ》の姿があった。必死に身をよじっているが、それだけの男たちに乗られていては抵抗することは不可能だ。

シカマルの頰《ほお》をサイの描いた虎の爪が裂いた。

変装のために着けていた樹脂製の皮がベロリと剝《は》がれる。

「いますぐ化けの皮を剝がして楽にしてあげますからね」

無邪気な笑《え》みを浮かべながらサイが言う。その手は止まらない。何匹もの虎がシカマルを取り囲んでいる。

「どうしてお前……」

「さっきからアナタはボクを知っているような口ぶりですね」

名乗る訳《わけ》にはいかなかった。たとえ拘束《こうそく》されて素性《すじょう》が知れることになろうとも、自分から名乗ることはできない。忍《しのび》の鉄則である。

群がる革者のむこうに演壇が見えた。その上には悠然《ゆうぜん》と腕を組み、シカマルの必死の抵抗を見下ろすゲンゴの姿がある。

あそこまでもう一度……。

墨《すみ》で描かれた虎の頭に飛び乗りクナイで突き刺し、シカマルはふたたび飛んだ。背後で虎が黒色の飛沫《ひまつ》と化す。

着地と同時に駆ける。

目の前には気の遠くなるほどの数の敵。

「行けるか?」

みずからに問いながらシカマルは両手で印《いん》を結んだ。

足から無数の影が四方に伸びる。

影縫《かげぬ》いの術。

針と化した影で敵を貫《つらぬ》く術である。無数に針を作りだせるので、複数の敵を相手にするのに都合がよい。

周囲にいる虎と敵に狙《ねら》いを定《さだ》めた。

無事に影は広がった。念じれば一斉《いっせい》に地面から這《は》い出《で》て敵へとむかう。

「行けッ!」

気合いを入れるようにシカマルは言った。影が地面からムクリと鎌首《かまくび》をもたげる。

「無駄な真似《まね》はよせ」

壇上に立つゲンゴの声がシカマルを打った。するとそれまで威勢よく動いていた影が、力を失いシュルシュルという音をたてながらシカマルの足へと戻ってくる。

「な、なにをした?」

ゲンゴに問う声は怒号《どごう》に包まれて消えた。

どうしてヤツの声はこれほど届くのか?

ヤツはなに者なのか?

「あれ? その術をボクは知っていますよ」

サイが、いつの間《ま》にか目の前に立《た》ち塞《ふさ》がっていた。

「アナタでしたかシカマルさん」

「サイ、てめぇ……」

「無駄な足掻《あが》きは見苦しいですよ」

言ったサイの絵筆がいままで以上に激しく躍る。巻物から身を起こしたのは、これまで以上に巨大な黒白《こくびやく》の虎だった。

「アナタも直《じき》にわかりますよ」

絵筆を握った手がシカマルにむかって突き出される。それを合図として、巨大な虎が前足を大きく振り上げながら襲いかかってきた。

「くそったれ……」

覚悟を決め、クナイを手に虎にむかって飛ぶ。

右足をなにかがつかんだ。それからすぐに今度は左足をつかまれる感覚があった。革者たちだ。飛ぼうとしていた勢いを殺され、顔から地面に叩《たた》き落《お》とされる。その上になん人もの敵がのしかかってきた。

「アナタほどの切れ者が、虎が陽動だということを見切れないなんてよっぽど混乱していたんでしょうね」

敵に押《お》し潰《つぶ》されて息をするのがやっとのシカマルを、サイが見下ろしている。その背後にゆっくりと近寄ってくる人影を視界にとらえた。

ゲンゴだ。

「面を取れ」

シカマルの背に乗っている革者にゲンゴが命じた。頬の傷に指が突っこまれ、そのまま一気に皮を引き剝がされる。

「ほぅら、やっぱりシカマルさんだ」

「この男が木ノ葉隠《こ》《は》《が》《く》れの俊英《しゅんえい》、奈良《なら》シカマルか」

まるで捜し物が見つかったと言わんばかりの上ずった口調でゲンゴが言った。妖《あや》しく光る薄水色《うすみずいろ》の瞳《ひとみ》がシカマルをとらえて離さない。笑みをたたえながら、シカマルは口を開いた。

「ちゃんとここで始末しておかねぇと、後が怖《こえ》ぇぞ」

「大丈夫だ、貴様はオレとともに生きる」

自信に満ちたゲンゴの声と同時に首に衝撃を受け、シカマルはそのまま意識を失った。

＊

真の暗闇《くらやみ》だった。

一寸《いっすん》先の自分の手さえ見えぬほどの闇のなかで、シカマルはただひたすらに思惟《しい》を重ねている。幾日《いくにち》過ぎたのかさえわからない。ただ運ばれてくる食事の回数と腹具合から推《お》し量《はか》って、すでに五日以上は経過しているはずだった。

どうしてこうなったのか？

幾度も考えてみたが一向に全体像がつかめない。

サイが現れる以前に問題がある。

ゲンゴが立つ演壇のそばまで行き影を伸ばした。しかし影はゲンゴの足には到達せず、行方《ゆくえ》を見失う。そしてゲンゴはシカマルたちを認識した。ヤツは二人を〝鼠《ねずみ》〟と呼んだ。チャクラをも完全に変えていたのにである。

まるであの男の間合いには術を無効化するバリアでもあるかのように、シカマルたちの術はいとも容易《たやす》く防がれてしまった。

果たして本当にゲンゴは術を無効化するのか？

わからない。しかしなんらかの影響によって朧やシカマルの術が妨害されたのだけは間違いなかった。

シカマルの影はゲンゴに届かなかった。影縫《かげぬ》いをサイの獣《けもの》らにむけて放とうとした際にも、影はいきなり力を失った。いずれの時も、ゲンゴかあるいはその周囲のなんらかの影響によってシカマルの術は力を失ったと考えるのが一番妥当なところだろう。その状況から考えてみても、朧の術も効力を失っていたか薄められていた可能性が高い。変装の対象となった者のチャクラとシカマル自身のチャクラが混ざり合い、異質なチャクラとなった。それをゲンゴに気取《けど》られたのだと考えると理屈が通る。

奴には術が効かない……。

なぜなのか？

あのわずかな時間では、ゲンゴの力の正体を見破るだけの情報は集められるはずもない。吟味《ぎんみ》する要素が少ないから、とうぜん推論すら立てることができない。それがシカマルを苛立《いらだ》たせる。

焦《あせ》らせる……。

「ぐっ！ ぐむっ！」

どこからか苦痛に呻《うめ》く朧の声が聞こえてくる。だいぶん前には鏃の苦しむ声も聞こえた。どちらも近い所に囚《とら》われているらしい。厳しい拷問《ごうもん》を受けているのか、聞こえてくる声はつねに呻き声だった。

なぜかシカマルは拷問を受けていない。

「すまない」

呻き声をあげる朧へむけ、聞こえるはずもない言葉を投げた。

みずからの短絡的な行動が招いた結果である。

もっと慎重《しんちょう》にゲンゴのことを調べてから決行すればよかったのではないのか？

やりようはいくらでもあったはずなのだ。

冷たい石の床を殴《なぐ》る。

なん度もなん度も……。

「生きているか？」

闇のなかで声がした。

ゲンゴだ。

「死んだか？」

答えが返ってこないのを気にするようにゲンゴが言った。しかしヤツはシカマルのチャクラが潰《つい》えていないことなど、とっくに承知しているはずだ。死んでいないことをわかっておきながらの皮肉なのである。

「飯はちゃんと喰《く》っているようだな」

出される物は全部食べている。もちろん毒が入っていないことを確認した上でだ。ひと舐《な》めするだけで毒の有無《うむ》を知る訓練は、忍の基礎中の基礎である。

飯を喰うのは諦《あきら》めないためだ。

生きていればかならず機は訪《おとず》れる。その時、身体《からだ》が動かなければ道を開くことすらできずに死んでしまう。忍はつねに命を諦めないものなのだ。どんなことがあっても生き延び、かならず任務を遂行《すいこう》してこそ真の忍なのである。耐え忍んでこそ忍なのだ。

だから朧と鏃の生もシカマルは信じていた。

「暗闇に包まれ幾日も過ごし、少しは大人《おとな》しくオレの話を聞く気になったか？」

「生憎《あいにく》、闇と影はオレの友達なんでね」

「面白いヤツだ」

言ってゲンゴが笑った。

「また来る」

気配が消えた。

「ぐぁぁぁぁぁぁっ！」

朧の悲鳴がふたたびはじまった。

五

火影《ほかげ》の執務室などとは比《くら》べものにならないほど巨大な広間だった。入り口にある両開きの豪勢な扉から部屋の奥まで真《ま》っ直《す》ぐにつづく緋色《ひいろ》のカーペットの中ほどに、シカマルは座らされている。両手は後ろに回され、手錠がはめられていた。立ち上がって下手《へた》な真似《まね》をしないように、両脇《りょうわき》に警護の革者《かくしゃ》が一人ずつ立っている。彼らも元は忍《しのび》だ。シカマルが妙なことをしようとすればすぐに気づく。

背後には朧《ロウ》と鏃《ソク》の姿がある。二人もシカマル同様に警護の者がつき、手錠をはめられて

いた。ただひとつ違ったことといえば、二人の顔が痣《あざ》や傷だらけであったことである。酷《ひど》い拷問《ごうもん》を受けたであろうことは、疲れきった二人の表情からも明らかだった。

食事の回数から類推して、すでに十日ほどが経過している。その間シカマルは一切《いっさい》の拷問を受けなかった。幾度《いくど》かゲンゴが直接出向いてきたが、いつもとりとめのない雑談をしてすぐに帰ってゆくだけだった。今日は晴れているだとか、夜の食べ物はなににするかなど、本当にどうでもいい話をして帰る。

「頭を下げろ」

右側に立っている革者がそう言って、シカマルの頭をつかんでカーペットに額《ひたい》をぶつけた。

「彼らは大事な客人だ。乱暴に扱ってはいかんな」

はるか前方からゲンゴの声が聞こえる。それと同時に、しゃがみこんでシカマルの頭を押さえていた革者が、恐縮するように立ち上がった。頭が軽くなる。

「部下どもが失礼をした。面《おもて》を上げてくれ」

言葉を聞くよりも早く、シカマルは頭を上げてゲンゴを見た。赤いカーペットの先に大理石の階段があり、その最上段がもうひとつの広い空間になっている。そこに豪壮《ごうそう》な龍《りゅう》の彫刻を長大な背板に配した椅子《いす》がある。その椅子にゲンゴが足を組み座っていた。左の肘《ひじ》を肘掛けにつき、手の甲に頰《ほお》をのせ、身体《からだ》を左に傾けながら悠然《ゆうぜん》とシカマルを見下ろす姿はまさにこの国の支配者である。

「もっと近くへ」

ゲンゴが言うと、両脇に立っていた革者がシカマルの腕を抱《かか》えて立ち上がらせた。そして大広間の四分の一程度、ゲンゴのいる空間へとつづく階段までひと駆けという所に、あらためて座らせられる。鎌と朧も同様だ。

「少しは私の言葉を聞く気になったか？」

「どういう意味か理解しかねるんだが」

決然と言い放ったシカマルにゲンゴがちいさく笑った。ゲンゴが座る椅子の両脇には十数名ずつの革者がつき従っている。側近《そっきん》然とした横柄《おうへい》な態度で、シカマルを見下ろしていた。そのなかにサイの姿がある。黒いロングコートを着た姿は、すでに革者のそれであった。仲間であるはずのシカマルを見つめるサイの瞳《ひとみ》に動揺も逡巡《しゅんじゅん》もない。もともと感情の希薄な目の色をしていたが、それでもここまで茫洋《ぼうよう》とした目つきではなかった。

「英明《えいめい》と名高い貴君《きくん》のこと……。すでに私の意志を読み取っているると思っていたのだがな」

ゲンゴがなにを欲しているのか？

そんなことにはとっくの昔に勘《かん》づいている。しかしそれはあまりにも荒唐無稽《こうとうむけい》であり、実現性が皆無《かいむ》なことなので口にしないだけだ。

「私の片腕になれシカマル。貴君ならば私とともにあらたな世を生みだすことができる。私は、貴君はそれができる男だと見ている」

「御免《ごめん》だね」

即座に言い放つ。ギラギラとした殺気をみなぎらせた目でゲンゴを射抜《いぬ》く。しかしこの国の主《あるじ》は、どこ吹く風といった様子《ようす》で悠然と視線を受け止める。

「いきなり片腕になってくれと言って、ハイ喜んでなどと言うような男を私は求めてはいない。それでよいのだシカマル」

「そのなにもかもを見透《みす》かしたような口ぶりがいちいちむかつくんだよ。アンタにオレのなにがわかるってんだ?」

本当は怒《いか》りなど感じていない。こんなことで冷静さを欠《か》くような愚《おろ》かさは、シカマルにはなかった。喧嘩《けんか》を売ってみることで相手の出方を見たい。ただそれだけのことだった。

「人は他人のことを完全に知ることなど絶対にできない。だからこそ、こうして語り合うのではないのか? 私は貴君を見透かしてなどいない。ただ貴君よりも少しだけ長く生きているから、貴君の情動が少しだけ見て取れるだけだ。それが高慢な口調となって顕《あらわ》れていたというのであれば謝ろう」

「そういう態度がむかつくって言ってんだよ」

「そうか……」

自嘲《じちょう》するようにゲンゴが目を伏《ふ》せて笑った。そしてわずかの間、沈黙した。虚空《こくう》に視線を彷徨《さまよ》わせながら、なにかを考えていたゲンゴがふたたびシカマルへと視線を落とし、口を開く。

怒りをかわすために、わざと間《ま》を作ったのだ……。

考えているように見せているだけで、ゲンゴはすでに次の会話を用意している。しかしこのままの調子で会話をしていれば、シカマルは怒った姿勢を崩《くず》さず強硬に嫌悪《けんお》の返答を繰《く》り返《かえ》す。不毛なやり取りを避けるため、ゲンゴはわざと間を作ったのだ。呼吸を置き、時間を置くと二人の間に流れる空気は変わる。それを回避するためにはシカマルは怒りの言葉を吐きつづけていなければならないが、それではただの遠吠《とおぼ》えになってしまう。

ゲンゴに誘導されるように沈黙するしかなかった。

この男はこの手の駆け引きに慣れている……。

「ひとつだけ貴君に問いたいと思うが、答えてくれるか？」

「なんだ」

素直に言ってからシカマルは後悔した。しかしもう遅い。

「なぜ忍はこれほどに虐《しいた》げられねばならぬのか？」

忍が虐げられている？

どういう意味なのかよくわからなかった。

沈黙するシカマルを見たゲンゴが、自分の問いを補強するように語りはじめる。

「忍たちが住む里は〝隠れ〟という形容をかならずつけられている。なぜ忍は隠れなければならない？　この大陸の国土の何割が果たして忍の土地なのか？　微々たるものではないか。この世界を支配している者は他にいる。大名《だいみよう》だ」

ゲンゴの言うとおりだ。忍の里の名には〝隠れ〟という語が入っているし、大陸の大半の土地は大名たちが割拠《かつきよ》しながら治めている。

だからどうしたというのか？　大名たちが国土を治めていたとしても、隠れと形容されていたとしても忍は虐げられてなどいない。

シカマルは忍連合の中枢《ちゆうすう》にいる。だからこそ世界の内情は他の忍よりも少しは理解しているつもりだ。大名たち、そして彼らが治める国土に住まう民《たみ》にいたるまで、忍とは共存共栄の良好な関係を築いている。

「答えてくれシカマル。忍はなぜ、彼らから虐げられているのだ？」

「いつオレたちが、大名に虐げられたんだ」

「大名だけではない。この大陸に住まう忍以外の者すべてにだ」

ゲンゴの瞳が炎を吹いたようにシカマルには見えた。

「ではもうひとつ問いたい」

「ひとつだけだって言った……」

「あとひとつ問いたい」

シカマルの言葉を強固な口調で断《た》ち切《き》ると、ゲンゴは勝手につづけた。

「忍は他のすべての人間とは違った力を持っている。それは同意してもらえるか？」

チャクラや忍術……。

たしかに忍は常人とはかけ離れた力を持っている。シカマルは黙ったままうなずいた。

それを満足そうに眺めてからゲンゴはまた語りだす。

「忍の力はもはや、人の枠ではとらえきれぬほど強大なものだ」

もう一度シカマルはうなずいた。

二年前の大戦はこの星全体の命運を左右するほどの凄《すさ》まじい戦いだった。もし忍連合が敗《やぶ》れていたなら、ゲンゴもシカマルもいまこうして語らい合うことなどできなかったはずである。この星の人々を巨大な幻術で夢のなかに引きずりこもうとしたうちはマダラや、大戦を終息させるためにチャクラの根源である九匹の獣《けもの》たちを身体に宿《やど》し戦ったうずまきナルト。彼らはもはや人とは呼べぬ存在である。そういう存在を生みだす力を有していること自体、忍は人の範疇《はんちゅう》から逸脱《いつだつ》した存在なのかもしれない。

「人の枠すら超えた者たちが、なぜ〝隠れ〟などという形容のついた里で、忍んで暮らしていかなければならないのだ？　なぜ大名どもの小間使《こまづか》いのような仕事をして、日銭《ひぜに》を稼がなければならないのだ？　二年前の大戦で世界を救ったのは誰だ？　大名でもなければ民衆でもない」

ゲンゴが肘掛けに置いていた肘をはずして背筋《せすじ》を伸ばし、右腕を高々と突き上げた。

「忍ではないかっ！」

覇気《はき》に満ちたゲンゴの声がシカマルを圧《お》す。

なんだこの力は……？

動悸《どうき》が速くなってゆく。

これまで感じたことのない昂揚《こうよう》をシカマルは感じていた。

なぜか？

それは心のどこかに眠らせていた想《おも》いをゲンゴがはっきりと言語化しているからなのかもしれなかった。

そう……。

二年前、忍は世界を救ったのだ。

「忍たちが命を犠牲《ぎせい》にして戦い守り抜いたこの世界のなかで、いったいどれだけの人間がその事実を知っているというのか？　大戦終息の英雄として忍の世界であれだけ慕《した》われているうずまきナルトの名でさえも里の民は知らぬのだ。うちはマダラも、うちはオビトも、うちはサスケもはたけカカシも、五影《ごかげ》も、暁《あかつき》も、すべて忍の世で語《かた》り継《つ》がれるだけの存在ではないかッ！」

ゲンゴの言うとおりだ。忍がどれだけ命を張ってこの世を守っても、しょせん世間の人々には伝わらない。

「そのくせ大名たちは忍の屍《しかばね》で築いた平和の上に胡坐《あぐら》をかき、ぬくぬくと民を支配しつづけている。大戦の折、そんなヤツらのために忍どもは戦場に丁寧《ていねい》なほど厳重な結界《けっかい》を張ってやった。そこまでして守った民や大名がなにをしてくれた？」

なにも変わらない。

無理もないとは思う。

大戦で忍連合と敵対したうちはマダラや大筒木《おおつつき》カグヤは、大陸全土の人間を幻術に嵌《は》めてチャクラを生みだすための電池に代えようとした。その結果、激戦の最中に民や大名たちはみな眠っていたのである。

それでも……。

あの時、大陸でなにが起こっていたのかを知る者がいない訳《わけ》ではない。

「なぜ人として優れた力を持つ忍が隠れ里などに住んで密《ひそ》やかに暮さねばならぬ？」

ゲンゴがすっくと立ち上がった。

「忍は本当に虐げられるべき存在なのか？」

一歩踏みだす。

階段。

一段また一段とゲンゴが歩《ほ》を進める。

「シカマルよ。これから語るのが、私が貴君に本当に問いたいことだ」

すでにゲンゴは階段を降りきっている。あと数歩前進すればシカマルの目の前まで来るという距離に近づいていた。

「この世は〝忍〟の力を有する者たちによって支配されるべきなのではないか？」

〝違う〟とはっきり言えなかった。いや、否応《いやおう》いずれの返答もできなかった。

なにが正しいのかわからなくなっている。

耐え忍ぶ者。

それが忍だ。

どれだけ強大な力を有していたとしても、それを誇示せず人のために使ってこそ忍は忍でいられる。

しかし。

忍が有するチャクラや忍術の可能性は計り知れない。ゲンゴの言うように忍が大名に代わって世を統《す》べることとなれば、世界はいまよりも格段に進歩するのではないか。

人にとって本当によい選択とはなにか？

シカマルは答えることができない。

「私は忍の力でこの大陸をひとつにまとめ上げてみせる。この気が遠くなるほど長きにわたる群雄割拠の時代を私が終わらせるのだ。忍の力があれば可能であるッ！」

本当に殺すべきなのか？

ゲンゴという男のことがよくわからなくなっていた。

六

ゲンゴを否定できない……。

葛藤《かっとう》でグラグラと揺れるみずからの心にシカマルは戸惑《とまど》っていた。

殺すつもりでここまで来た。

平和な道を歩みはじめた忍《しのび》にとって邪魔な存在だと思った。

だからこそ仲間たちにも本当のことを告げずに旅立ったのだ。なのに目の前にいるゲンゴという男の言葉を聞くにつれ、自分の考えが本当に正しいのかどうかわからなくなってきた。

「戦乱の世が終わらぬのはなぜか貴君《きくん》は考えたことがあるか？」

目の前に立ったゲンゴが問う。

正直なところシカマルはそんなことを考えたことはなかった。生まれた頃からこの地には多くの国があり、小競《こぜ》り合《あ》いを繰《く》り返《かえ》しながら興亡《こうぼう》をつづけている。そしてその各国の関係の狭間《はざま》で、忍はみずからの術を売りながら糧《かて》を得ていた。端《はな》からそれが常態であったから〝戦乱〟などという呼称すら頭にはない。

シカマルが思い悩んでいるのは忍の世界のことだ。ゲンゴの言うような大きな世界のことではない。

忍たちがいかに融和《ゆうわ》しながら将来を見据《みす》えていけるか。そのために連合はどうあるべきか。そしてそのなかでナルトを火影《ほかげ》にし、みずからの世代を築き上げるにはどうすればよいか。

そんな悩みがちっぽけに思えるほど、ゲンゴの言葉は広く深い。忍の世ではなく、この世界そのものを見据えている。

「能力に秀《ひい》でた忍ではなく、民《たみ》と同等の力しかない大名《だいみょう》が世を統《す》べているからに他ならないとは思わないか？　チャクラも優《すぐ》れた術も持たぬ者たちがいがみ合っているから、いつまで経《た》っても戦乱は終わらぬ。秀でた存在がいないから一国が飛び抜けることもない。そうして各国が牽制《けんせい》と硬直を繰り返しているから戦《いくさ》の世がつづいている。私はそれを終わらせようというのだ。いまだ誰も為《な》し遂《と》げたことのない大陸統一を、忍の力を持つ私と革者《かくしゃ》たちで達成するのだよシカマル」

「大陸統一……」

シカマルのつぶやきにゲンゴが満足そうにうなずいた。

「この世はしょせん、弱肉強食だ。それが獣《けもの》の理《ことわり》である以上、人という獣もその枷《かせ》からは逃《のが》れられぬ。ならば真の強者である忍こそ強弱のヒエラルキーの頂点に君臨してしかるべきではないか。異形《いぎょう》ないまの世をあるべき姿に戻す。それが私たちのやろうとしている革命だ」

忍こそがこの世を統べるべき存在……。

そうかもしれない。

「シカマル殿《どの》」

背後から声がした。

朧《ロウ》だ。

わずかに首を回し、肩越しに見た。

「ゲンゴ殿の申されるとおりではござりませぬか？　忍は何故《なにゆえ》、大名どもに利用されねばならぬのです。某《それがし》は暗部《あんぶ》の人間にござる。故に幾度《いくど》となくヤツらの汚いところを見てき申した。ヤツらは忍を便利な道具としか思うておりませぬ。某の親友であった男は火《ひ》の国と風《かぜ》の国の戦争に利用され、両国が停戦を合意した途端、邪魔者として始末され申した」

朧の腫《は》れ上《あ》がった目から涙がこぼれ落ちる。

「私も同じ想《おも》いだシ」

ボソリと鏃《ソク》がつぶやいた。まだ幼さの残る少女の口元にも、赤黒い痣《あざ》がにじんでいる。容赦《ようしゃ》のない苛烈《かれつ》な拷問《ごうもん》を、ゲンゴが手下に命じたのである。

「私もゲンゴって人の考えに賛成するシ」

「ヒノコ……」

「大名だけじゃない、ヤツらが治める国に住む人たちだって同じだシ」

シカマルが本名を呼んだことにさえ気づかぬまま、鏃が熱っぽく語る。

「私たちが忍だって気づくと、傍目《はため》では明るく振る舞っていても、目の奥に猜疑《さいぎ》の光がにじむんだ。あれは私たちを恐れ、疑い、差別する目だシ。どうしてそんなヤツらのために、私たちが血や汗を流さなければならないのか私にはわかんないシッ！」

ゲンゴが拷問を与えた張本人であることを忘れたように、鏃は憧憬《しょうけい》の眼差《まなざ》しでこの国の主《あるじ》を見つめた。

「仲間たちもこう言っている。私のやろうとしていることは忍にとって最も意義のある行動なのだ。シカマルよ、私とともに来い。ともに覇道《はどう》を歩もうではないか」

ゲンゴが手を差し出す。

この手を取ればもう戻れない。

いや、戻ろうと思うからおかしくなるのか？

ゲンゴが大陸全土を統一してしまえば忍の世もなくなる。そうなればナルトやチョウジやいのたちともふたたび会えるはず。いや、彼らを自分がいざない、みなで一丸となって忍の世を作ることもできるかもしれない。

「さぁシカマルよ。私の片腕となってくれ」

ゲンゴの言葉がシカマルの背中を押す。

「くっ……」

手を取りたがっている自分がいる。

が……。

それを必死に止めている自分もいる。

「さぁ」

苦悩するシカマルの視界の真んなかに、ゲンゴの手が突き出された。

「な、なんで……」

喉《のど》の奥になにか硬いものが詰まっているようだった。とげとげしいその塊《かたまり》を吐きだすようにしてシカマルは言葉を継《つ》ぐ。

「なんでアンタなんかの手下になんなきゃなんねぇんだよ……」

「ほう、ここまで私の話を聞いてまだわからぬとは、なかなかの強情者《ごうじょうもの》だな貴君も」

腑《ふ》に落ちないのだ。

心の一番深いところにゲンゴを信用しきれない〝なにか〟が残っている。そのひねくれた性根《しょうね》が臣従《しんじゅう》することを良しとしない。理由が明確にある訳《わけ》ではない。なんとなく気に喰《く》わない。その程度の抵抗だ。それ以外の心はゲンゴに同調したがっている。

「そうか、ならばこうしよう……」

そう言ってゲンゴがシカマルの両脇《りょうわき》に控えた男たちに目配《めくば》せをした。そして階段の下あたりまで数歩後ずさる。

両脇の革者が後ろ手にかけられた手錠をはずす。久しぶりに拘束《こうそく》を解かれ前のめりになる。額《ひたい》から床に激突しそうになるのをしびれた右腕でなんとか支えると、シカマルはゆるゆると顔を上げゲンゴを見た。

両腕を左右に広げ胸を張りシカマルを見下ろしている。

「私のことを信頼できぬというのなら、ここでひと思いに殺せばよい」

「ア、アンタを殺す？」

声が震えている。

「影を操《あやつ》る貴君の術があれば、ここで私を絞《し》め殺《ころ》すことぐらい訳ないはずだ。さぁ、かまわぬからやってみよ」

なぜここまで自信満々に殺せなどと言えるのか？

ゲンゴへの違和がますます増大してゆく。

どこかでなにかを見誤《みあやま》っているのではないか……。

シカマルは震える手を床につける。

広間の壁に作られた大きな窓から陽光が差しこんでいた。眩《まばゆ》い光に照らされた床につけた腕から胴にむけて影ができる。漆黒《しっこく》の影が微動をはじめた。それは少しずつ激しくなり、震えと化し、最後には激しい揺れへと変じる。

「行け」

力のこもらない声でシカマルは影に命じた。それと同時に腕の影が一本の槍となって真《ま》っ直《す》ぐにゲンゴへとむかってゆく。

「さぁ、はずすなよシカマルッ！」

両目に爛々《らんらん》と光をたたえたゲンゴが楽しそうに言った。

覇気《はき》に満ちた声がシカマルの身体《からだ》を圧《お》す。

影が……。

止まった。

ゲンゴの爪先《つまさき》に触れるかどうかというところで影は止まっていた。どれだけ行けと念じてみてもそれより先には進まない。

「どうした？　なぜやらない？」

ゲンゴが問う。

違和、違和、違和……。

考えろ考えろ考えろ考えろ……。

考えるんだシカマル！

自分に言い聞かせる。

己《おのれ》はどこで見誤った？

「ッ！」

頭の真んなかで小さな火花が弾《はじ》けるのを感じた。

朧と鏃だ……。

シカマルが覚えた違和は、あの二人にある。

一筋縄《ひとすじなわ》ではいかぬ暗部の手練《てだ》れである朧と鏃が、なぜあれほど素直にゲンゴの言うことを受け入れたのか。激しい拷問を受けながら、敵愾心《てきがいしん》の欠片《かけら》すらなくすほどに敵を慕《した》うなどありえないことではないか。

なにか仕掛けがある。

シカマルの脳裏《のうり》にある言葉が浮かび上がる。

幻術……。

人の思考を操り、みずからの術中に嵌《は》めるのが幻術だ。鏃と朧の様《さま》は、幻術にかかった者と似通っている。

では己も幻術に嵌まっているのか？

おそらくそうだろう。

しかし幻術といえば瞳術《どうじゅつ》である。そしてその代表といえば木《こ》ノ葉《は》隠《がく》れのうちは一族だ。彼らは〝写輪眼《しゃりんがん》〟という独特の瞳《ひとみ》を持ち、それを利用することで相手を幻術に嵌める。

広場での一件を思いだす。もしあの時、朧の術が弱まりゲンゴに二人の存在が知れたとする。そう考えると絶対に瞳術はありえないのだ。なぜなら二人は〝鼠《ねずみ》〟と言われるまでゲンゴの瞳を見てはいない。瞳術に嵌めるためには相手と視線を合わせる必要がある。その時点で瞳術の線は完全に消えるのだ。

ではなにがシカマルたちを幻術に誘ったのか？

考えても遅い。

幻術に嵌まっている以上、抜けだすには他者の助けが必要だ。しかし仲間である朧も鎌もすでにゲンゴの術の範疇《はんちゅう》。底なし沼に足を踏み入れたが最後、あとは頭の先まで嵌まっていくしかない。じきに自分もゲンゴの軍門に降《くだ》ることになる……。

「気に喰わねぇ……」

想いが口からこぼれだした。

ゲンゴは勝ち誇ったようにシカマルを見つめている。その足元にはいまもなおシカマルの影が留《とど》まって震えていた。

「そろそろ観念したらどうだ？」

優しいゲンゴの声がシカマルを温める。凍《こお》りついた身体が一気にとろけてゆく。あまりの心地よさに自然と口元が緩《ゆる》んだ。

ゲンゴの幻術の正体……。

おぼろげながら脳裏に浮かんだ答えが明確な像となる前に、シカマルはみずからの意志でそれを掻《か》き消《け》した。

もうどうでもよかった。

七

「さぁシカマル」

ゲンゴの手が鼻先に迫る。

あれをつかめば楽になる……。

もう面倒なことを考える必要はない。

忍《しのび》がこの世を支配する。

それがこの世界のあるべき姿。

あの手を取ればすべてが楽になる。

もう迷わなくていいんだ……。

「ともに行こう」

ゲンゴの声が背中を押す。

シカマルの右手がゆっくりと持ち上がり、差しだされた掌《てのひら》へと吸いこまれてゆく。

指先と指先が触れ合おうとした時だった……。

背後がなにやら騒がしい。

そう思うと同時に、身体《からだ》が持ち上がり宙を舞った。天井に引っ張られるような物凄《ものすご》い勢いで宙を舞うシカマルの視界が、踏ん張っているゲンゴの姿をとらえた。階段の上にある玉座《ぎょくざ》の脇《わき》にいた革者《かくしゃ》たちも、突風を受けながら耐えている。

舞い上がったのはシカマルだけだった。

天井に激突する。激しい痛みを全身に覚えた次の瞬間には風が止《や》み落下をはじめた。

「ぐはっ」

受け身すら取れず、床で背中をしたたかに強打し息が止まる。

ゲンゴと離れ、囚《とら》われたままの鏃《ソク》と朧《ロウ》よりも遠い所まで飛ばされている。

「シカマルッ！」

入り口付近から自分の名前を呼ぶ怒号《どごう》が部屋中に響き渡った。

女の声……。

聞き慣れた声だ。

「なんでお前がこんな所にいんだよ……」

腰を押さえながらシカマルは声のしたほうへと目をむけた。

金髪をふたつ結びに束《たば》ねた目つきの鋭い女が立っている。両手で握っているのは巨大な扇子《せんす》だ。あの扇子が起こした風がシカマルを吹き飛ばしたのは間違いなかった。

テマリ……。

「なにボサッとしてんだよッ！　他の誰かの言いなりになるなんてアンタらしくないじゃないかッ！　アンタは私が見こんだ男なんだッ！　しっかりしろッ、この馬鹿野郎ッ！　そんな男のめんどくさい講釈なんて、アンタにとっちゃ屁《へ》みたいなモンだろッ！　違うかいッ！　なんとか言えよッ！　シカマルッ！」

ゲンゴの重々しい口調に慣らされていた耳にキンキン響く大音声《だいおんじょう》を受け、目がチカチカする。

「あっ……」

頭のなかを覆《おお》っていた靄《もや》のようなものが綺麗《きれい》さっぱり消えていた。ぎゅうぎゅうに心に詰《つ》まっていたものがなくなって、胸にぽっかりと穴が空《あ》いているようだ。しかしそれがやけに心地よい。

腹の底まで深く息を吸いこみ、ゆっくりと吐きだす。

自然と笑《え》みがこぼれた。

幻術から抜けだすための一撃……。

「いきなり現れてなに言ってんだお前は」

頭の後ろに手を当てて立ち上がりながらテマリを見た。

「助けに来てやったんだ、四の五の言わずに礼を言いな」

扇子の先を地面に突き立て、要《かなめ》のあたりに右肘《ひじ》をつけて胸を張るテマリ。その背後にずらりと忍たちが並んでいる。みな砂隠《すながく》れのマークが刻《きざ》まれた額当《ひたいあ》てをしていた。

「お前を死なせる訳《わけ》にはいかないからな」

テマリが笑った。

ギラギラと燃える砂漠の太陽のようなテマリの笑みが、シカマルの心を晴らしてゆく。

そしてその脳裏《のうり》に、さっきテマリが言った言葉の一片が蘇《よみがえ》ってくる。

〝そんな男のめんどくさい講釈〟

「めんどくさい……。か」

振り返り、ゲンゴを見る。階段の上で変事に顔を強張《こわば》らせている側近《そっきん》たちにむかってなにかを告げている。それを合図に側近たちがシカマルの脇を通り抜け砂の忍たちへとむかっていく。いきなりの敵襲に驚きながらも、玉座《ぎょくざ》脇に控える側近たちを即座に敵にむかわせた切り替えの早さは一国一城の主《あるじ》の器《うつわ》たりうる男であった。

背後で刃《やいば》が激突する音が聞こえてきた。

不思議なくらい穏《おだ》やかな気持ちだ……。

シカマルは軽《かろ》やかに一歩踏みだす。

目の前には肩をいからせて身構えるゲンゴの姿があった。

静かに静かに歩む。

鏃と朧の横を通り過ぎる時、二人の肩に手を添えた。

「もう大丈夫だ」

言ってまた歩きだす。

双方がひと飛びすれば間合いに入るギリギリの所で立ち止まった。

真剣な眼差《まなざ》しでゲンゴを見つめた。

その途端。

「ふぁぁあ……」

シカマルの口から欠伸《あくび》がこぼれ出た。目に涙がにじみ、視界がわずかにぼやけた。

「おい」

ゲンゴがシカマルを指さした。

顔のあたり……。

「ん？」

シカマルは誘われるままにみずからの鼻に手をやった。

濡《ぬ》れている。

血だ。

いつの間《ま》にか左の鼻の穴から鼻血が出ている。

「テマリの野郎……」

突風で天井に叩《たた》きつけられた時しか原因は考えられなかった。

「なんか邪魔が入っちまったみてぇですまない。で、なんの話だったたっけ？」

頭に右手をのせ、左右に大きく振った。首のあたりでボキボキと骨が鳴る。

「援軍が来たからと言って……」

「えッ！　援軍？　どこに？」

ゲンゴの言葉を断《た》ち切《き》るようにシカマルは驚くような声をあげた。それにゲンゴが驚く。

眼をおおきく見開いたゲンゴの様子《ようす》を不審に思ったシカマルは、そこでみずからの言葉の突拍子のなさに気づいた。

「あぁ、アイツらのことか。だったらアンタの誤解だ。アイツらは援軍なんかじゃねぇ」

「ならばなんだと言うのだ」

「知らねぇよ。アイツらが勝手に来たんだからよ」

シカマルの語り口に、ゲンゴが呆気《あっけ》に取られている。さっきまでのシカマルとは様子が違っていることに、驚きを隠せずにいるようだった。

「まぁよい。あの程度の敵に奇襲を受けたとて、我《わ》が国はなんら揺らぐことはない」

「ぷふッ」

思わず噴《ふ》き出《だ》した。

無意識にである。

ゲンゴの額に青筋《あおすじ》が浮かぶ。

「揺らぐことはないだと？　城のこんな中枢《ちゅうすう》にまで入ってこられて？」

「私の側近たちを舐《な》めるなよ。あの程度の忍などものの数ではないわ」

「そりゃ楽しみだ」

「まぁ聞けシカマル」

「断《ことわ》る」

右手をビシャッと前に出し、シカマルは決然と言い放った。

「ボケッとアンタの言葉を聞いてっと〝幻術〟に嵌《は》まっちまうからな」

「ッ！」

ゲンゴの右の眉《まゆ》がかすかに震えた。

「あの女のおかげでやっと幻術から覚めることができたんだ。もう二度とかかんねぇぜ」

「甘い……。甘いぞシカマル」

「声にチャクラを流しこみ、その口調と言葉で相手を幻術に嵌めるなんざ、革命家気取りのアンタにはお似合いの術だ。よく考えたじゃねぇか。演説の際にオレの影が力を失ったのは、あの時すでにオレはアンタの幻術に取りこまれちまってたからなんだな」

「幻術？　愚かなことを言うな。私の言葉は意志だ、志《こころざし》だ。先刻より貴君《きくん》に語ったことはすべて我が本心。そして事実だ。忍こそが世を統《す》べるべき者たりうる。それは厳然《げんぜん》たる事実なのだよ。そんなことがわからぬ貴君ではあるまい」

ゲンゴの言葉が耳朶《じだ》をジンジン震わす。チャクラが流しこまれているような心地がするが、防ごうという意志がシカマルにはなかった。

一向に平気なのである。

荒れ狂う大海のように乱れていた心が、いまは不思議なほどに穏やかだった。

なにがあっても怖《こわ》くない。

いや……。

「もうなんか、なんもかんもめんどくせーな」

ふたたび口から欠伸がこぼれ落ちる。

「なんで欠伸が出ると涙まで出んのかな?」

ゲンゴは答えない。

完全に調子を乱されているようだ。

シカマルは意図していない。

戦略でもない。

ただ素《す》の自分に戻っただけだ。

テマリの叱責《しっせき》が思いださせてくれた……。

シカマルはもともと世界のことなんて考えるような玉ではないのだ。それなりの人生を望むただの面倒くさがり屋なのである。自分の行動が世界の行く末を左右するなど、それこそ面倒の極地ではないか。

己《おのれ》にはそんなものは背負えない……。

世界を変えたきゃ勝手にやってくれ。

いや、ちょっと待て。

そうなるとナルトやみんなはどうなる？

助けに来てくれたテマリはどうなる？

「やっぱさぁ、アンタにこのまま伸び伸びやられると困るんだ」

「せ、先刻までの覇気《はき》はどこへ行った？　なにを考えておるシカマルッ！　目を覚ませシカマルッ！」

「なに言ってんだアンタ？　いまやっと目覚めたとこなんだよ……」

気の抜けた笑みを口元に浮かべ、シカマルはまた一歩ゲンゴへと近づいた。

「本来のオレがな」

すでにたがいの刃《やいば》が交錯《こうさく》する間合いであった。

シカマル

一

周囲で熾烈《しれつ》な戦いが繰《く》り広《ひろ》げられている。刃《やいば》と刃がぶつかり合う音や怒号《どごう》が飛《と》び交《か》うなか、シカマルはゲンゴを見つめていた。

「貴君《きくん》は忍《しのび》が虐《しいた》げられている現状を、それでもよいと言うのかッ」

叫ぶゲンゴの顔に余裕がない。眉間《みけん》に皺《しわ》を寄せ額《ひたい》に青筋《あおすじ》を浮かべながら必死に語る様《さま》には、さっきまで感じていた神々《こうごう》しさは微塵《みじん》もなかった。幻術から覚めたせいなのか。いや違う。たしかにゲンゴの総身からは、覇気《はき》が消《き》え失《う》せていた。

「なに焦《あせ》ってんだよ」

「なんだと?」

「アンタ、可哀相《かわいそう》なほど必死だぜ」

「誰が……」

ゲンゴが口籠《くちごも》る。喰《く》いしばった歯の隙間《すきま》から呻《うめ》き声《ごえ》が漏《も》れた。

「忍のような人外《じんがい》の力を得た者は、常人より恐れられるのが宿命。恐れは差別となり、差別は支配を生む。ここで立たねば忍はますます苦衷《くちゆう》に立たされることになるぞ」

「オレはなぁ……」

首を右に傾け骨を鳴らす。視線だけはゲンゴからそらさない。

「忍なんてなくなればいいいと思ってる」

「なッ、なにを言いだす」

「あれ？　アンタはもう忍じゃないんじゃないのかい」

「ッ……」

またもゲンゴが口籠る。その滑稽《こつけい》な姿にシカマルは口元に微笑をたたえた。

「せっかく忍がまとまったんだ。この結束を利用すれば、じきに戦乱も収まるさ」

「たッ、短絡的なことを……」

「やってみなけりゃわかんねぇだろ」

ゲンゴの手がみずからの背後に伸びた。

なにかをつかむような動作……。

クナイだ。

緩《ゆる》んでいたシカマルの目が引《ひ》き締《し》まった。牢屋に監禁されていたせいで、武器という武器は取り上げられてしまっている。

「シカマルッ!」

テマリの声だ。

声を追うシカマルの目に、自分にむかって一直線に飛んでくる塊《かたまり》が映った。

塊が手の届くところまで来た瞬間、虚空《こくう》を右手で掻《か》く。

クナイ……。

テマリが笑っていた。

この間、数瞬。

振り返ると同時に、目の前のゲンゴが飛んだ。

宙空……。

シカマルも飛んでいる。

たがいのクナイが激突して火花が散った。

「争いがあるからオレたちのような忍が存在するんだ」

「ほざけ小僧……」

ゲンゴの口調が乱暴なものになっている。

両者ともに相手を引き離すように思いっきりクナイを振った。

着地。

先刻と変わらぬ間合いを保《たも》って二人は立つ。

にらみ合う間《ま》はない。

同時に地面を蹴《け》って相手にむかって駆ける。

殺気みなぎるゲンゴの顔めがけてクナイを突き出す。

狙《ねら》いは同じ。

ゲンゴのクナイがシカマルの顔へと伸びる。

首から上だけをわずかに傾けてそらす。

シカマルの頬《ほお》が一文字《いちもんじ》に裂け血飛沫《ちしぶき》が舞い上がる。視線の先で、ゲンゴがシカマルと反対の頬に傷を負《お》っていた。

突き出されたゲンゴの手首を左手でつかむ。ゲンゴも同様にシカマルの右手の手首を左手でつかんだ。

相手の顔にむかって腕を伸ばした状態のままにらみ合う。

「この戦乱を終わらせるための一歩……。それが連合だ。忍がまずは結束し、その輪を今度は大名《だいみょう》や民《たみ》にまで広げてゆく。そうして世界がひとつになれば、忍なんてモンはかならずなくなる。オレの世代では無理でも、オレの子や孫の世代にはかならず忍はなくなっている」

「理想で物事が動くほどこの世は甘くはない」

「アンタの志《こころざし》ってやつだって理想じゃないのかい？」

ゲンゴの口角が異様なまでに吊《つ》り上《あ》がっている。笑《え》みというにはあまりにも邪悪な表情であった。

「オレを幻術に嵌《は》めようたって無駄だぜ」

「まぁ聞けシカマルよ。理想というモノは、実現する可能性が高ければ高いほど価値あるモノとなる。貴君が述べる理想は、雲をつかむようなモノ。私の語る理想とは天と地ほどの差がある」

「愚《おろ》かだねぇアンタ」

「みずからの愚かさに気づかぬ者こそ真の愚者《ぐしゃ》」

「だからアンタが愚かなんだろ？」

ゲンゴの唇《くちびる》がピクリと震えた。

来るッ！

クナイを突き出したシカマルの右手首が軋《きし》むように痛んだ。ゲンゴが左腕で関節を極《き》めたのである。シカマルがつかんだままの右の手首をクルリと回転させ、ゲンゴはクナイの切っ先を首筋にむけた。そのままの体勢で指先を器用に使い、シカマルの首へと突き出す。避《よ》けている暇はない。

手首をねじられている方向に身体《からだ》をひねりながら飛んだ。ゲンゴの突き出した右腕を軸にして反時計回りに回転するような跳躍《ちようやく》である。クナイを避け、宙を舞うシカマルの足がゲンゴの脳天を襲う。

シカマルの手首を放してゲンゴが左手でみずからの脳天をかばった。その腕に強烈な蹴りが落下する。ゲンゴの腕のなかで骨がミシリとにぶい音をたてた。

これで終わりではない。

防御された蹴り足をねじるようにして、今度は逆の足でゲンゴの脇腹《わきばら》を蹴りにいく。

ゲンゴが一歩後ろに退《ひ》いた。

着地したシカマルは止まらない。今度はしゃがんで右足を突き出す。そのまま回転して、ゲンゴの足を払いにいく。

うちはサスケが中忍《ちゆうにん》試験の時に見せた獅子《しし》連弾《れんだん》。そしてナルトがそれを元にみずからの発想を加えたうずまきナルト連弾。それを真似《まね》た動きである。

上手《うま》くいった……。

脛《すね》をしたたかに打たれたゲンゴが尻餅《しりもち》をつく。

すかさず馬乗りになる。うずくまる喉元《のどもと》にクナイを添えた。わずかにでも動こうものなら躊躇《ちゅうちょ》なく殺《や》るつもりだ。

「なッ、なぜ私の言葉が届かない？」

「幻術ってのは心に隙《すき》があるヤツにしか効《き》かねぇんだよ」

「あの女が現れてからの貴君の言動は隙だらけではないかッ！」

「やっぱりアンタは愚かだな……」

溜息《ためいき》をついてゲンゴに微笑《ほほえ》む。

「オレの心の中は隙だらけ。いや……。隙しかねぇんだ。隙だらけだからこそ、隙がねぇ。四角四面なアンタにはわからねぇだろうけどな」

「そ、そのようなことが」

「ここに実際にあるんだから仕様がないだろ。もうアンタの言葉はオレには届かない」

ゲンゴの額《ひたい》に油汗がにじんでいる。

「本当はこんなことなんかしたくはないんだ。それなりになんとなく生きられりゃそれでよかったんだ。でも……」

シカマルはみずからに語っていた。

これまでつねに心のどこかにくすぶっていた後悔のような想《おも》い。

いまここで断《た》ち切《き》る。

覚悟はできた。

「オレにはそんな生き方はできねぇようだ」

人に頼られているから仕方なくやる。その〝仕方なく〟が積もり積もって現在のシカマルがあった。だから駄目だったのだ。その程度の想いだから、いつまでも腹をくくれず、煮《に》えきらずにいたのである。

根本《こんぽん》から間違っていたのだ。

みずからの夢の始末をつけるのは、自分以外にいない。

シカマルの〝なんとなくそれなりの人生〟という夢は叶《かな》わないのだ。

それでいいじゃないか。

あらたな夢が見つかったのだから……。

「ただぼんやりとなんとなく生きていきたいってヤツが、そのまんまで生きられるような世を作るためにオレはこれからも生きていく。この戦乱を終わらせて世界をひとつにする。そしてこれという夢のない平凡な人生を生きるのが夢だというヤツらが、それなりに生きていける世の中を作るんだ」

それなりなヤツがそれなりに暮らせる幸せを守るのだ。

自分らしいあらたな夢だと満足している。この夢を実現するためにナルトを火影《ほかげ》にし、師となってミライを育て、その結果として父やアスマに恥じない忍になれればいい。これまでのシカマルは順序が逆だったのだ。外からの圧に押されるようにしてみずからの枠を規定し、それに恥じぬように生きようとした。だから無理が生じたのである。

外の世界との関係でみずからの夢が生まれるのではない。己《おのれ》の夢のその先に、外の世界が広がっているのだ。

「やっと吹っきれたぜ」


〝それがどうしたと言うんだい？〟


不意に背後から優しくささやく声が聞こえた。

殺気。

ゲンゴから飛《と》び退《の》いた。

さっきまでシカマルの頭があった場所を、虎《とら》の爪《つめ》が引き裂く。

墨絵《すみえ》の虎……。

「そんな緩みきった夢のために、ゲンゴ様は殺《や》らせないよ」

「サイ……」

立ち上がったシカマルの前に、絵筆と巻物を構えたサイが立っていた。

「ゲンゴ様ッ、早くあの愚かな砂隠《すながく》れの忍どもに志をッ！」

「うむ」

ゲンゴがうなずいて階段を駆け昇る。玉座《ぎょくざ》まで一気に昇り詰め、両腕を広げた。

「聞けッ！　皆の者ッ！」

演説だ。

「やらせるか」

「邪魔《じゃま》はさせないッ！」

階段を昇ろうとしたシカマルの前にサイが立ちはだかる。

「行けッ！」

サイの絵筆が動き、虎が巻物から飛びだす。さっきシカマルの顔を削《そ》ごうとした虎と、あらたな虎が同時に襲ってくる。

階段の上ではゲンゴが大声で語っている。止めなければ幻術によって、砂の忍たちの動きを封じられてしまう。

不意に閃《ひらめ》くものがあった。

どこにいるのかもわからぬまま、とにかくシカマルは叫んだ。

「聞けッ、テマリッ！　アイツは言葉で幻術に嵌めるッ！　お前の大風でヤツの言葉を掻《か》き消《け》せッ！」

「承知ぃッ！」

威勢のいい声は驚くほど近くで聞こえた。次の瞬間、激しい風が幾重《いくえ》にも折り重なり合いながら広間の中を縦横に駆《か》け巡《めぐ》りはじめる。テマリが起こすおびただしい風によってゲンゴの言葉が掻き消されてゆく。

虎の爪を掻《か》い潜《くぐ》りながらシカマルは階段の上を見た。

言葉が通らぬと悟《さと》ったゲンゴがどこかに去ろうとしている。

「くそッ……」

シカマルは階段のほうに行こうとするが、サイの描いた虎がそれを阻《はば》む。

「絶対に行かせないッ」

「いい加減、目を覚ませサイッ！」

「目覚めなければいけないのは、君たちのほうだ」

サイは完全にゲンゴの術中に嵌まっている。

シカマルの背後からこれまでの何倍もの強烈な突風が吹き抜けた。墨絵の虎が飛沫《ひまつ》となって霧消《むしょう》する。

「ここは私に任《まか》せてヤツを追って！」

シカマルの前に飛びだしたテマリがサイと正対した。

「テマリ……」

「礼は後でいいから早くッ！」

「わかった」

言って階段へ走りだす。

「待つんだシカマルッ！」

「おっと、アンタの相手は私だよ」

テマリが広げた扇子《せんす》でサイをさえぎる。

シカマルは一度だけ二人に目をむけ、その後は脇目《わきめ》もふらず階段を駆け昇った。

二

間一髪《かんいっぱつ》で間に合ったことに、テマリは安堵《あんど》していた。

我愛羅《ガアラ》にシカマルのことを相談したあと木ノ葉《こは》へとむかったテマリは、ナルトを問いただした。ナルトはなにも知らなかった。しかしテマリ同様、シカマルがどこかおかしいと感じていたナルトはいのやチョウジと相談し、その想《おも》いを固めカカシに詰め寄ったのである。里の外部の人間であるテマリを連れての鬼気《きき》迫るナルトの直談判《じかだんぱん》、そしてテマリからの砂《すな》の忍《しのび》が救援に行くという申し出を受け、カカシもついに決断を下した。事を荒立てないという約束の下《もと》、砂隠れの忍の出動に同意したのである。

なにがあってもすぐに里の忍を動かすことができるように手筈《てはず》は整えていた。カカシの承認を得るとすぐに里へ狼煙《のろし》を上げ、テマリはそのまま黙《しじま》の国へと走ったのである。途中、我愛羅の率《ひき》いる里の忍たちと合流した。

黙の国に着いてすぐ、手近な者をさらい尋問した。シカマルが黙の国に行ってから十日以上が経過している。テマリは焦《あせ》っていた。自然と尋問も苛烈《かれつ》になってゆく。革者《かくしゃ》を名乗る男は、すぐに木ノ葉隠れの里の忍が城に囚《とら》われていることを吐いた。

それさえ知れば後は簡単だった。

我愛羅が作った砂の風船に乗り、城へと潜入。ちょうどシカマルがゲンゴというこの国の主《あるじ》と語らい合っている最中の出来事である。テマリは広間へつづく廊下を守る者たちを仲間の忍たちとともに退《しりぞ》け、密《ひそ》かに中をうかがった。

忍によって世界を支配するというゲンゴの言葉に、シカマルがほだされようとしている姿を見て、いてもたってもいられなくなった。

シカマルは、あんな男の言葉に翻弄《ほんろう》されるような男ではない！

扉を吹き飛ばして広間に飛びこんだテマリの身体《からだ》を支配していたのは、猛烈なまでの怒《いか》りだった。

幻術だと聞いて安心した……。

目覚めたシカマルは、テマリの知る男に戻っていた。鼻血を流しながら腑《ふ》抜《ぬ》けた目でゲンゴと相対する姿を見ただけで、ここまで来た甲斐《かい》があったと思う。

「ぼやぼやしている暇などありませんよ」

ぎこちない笑《え》みを浮かべた木ノ葉の男がテマリに言った。その手に握った絵筆が、さっきから何匹もの虎《とら》や狼《おおかみ》を生みだしている。いまもまた男の絵筆が、邪悪なまでに牙《きば》を剝《む》き出《だ》しにした白虎《びゃっこ》を野に解き放った。以前にもこの男の描いた動物を見ているが、今日描いたいずれのものも、これまでにないほど凶悪な形相《ぎょうそう》をしている。

名はたしかサイ……。

ナルトやサクラと同じ班にいた忍だ。

「ワンパターンな攻撃にやられるような私じゃないんだよ」

つぶやきながら全身を使って扇子《せんす》を振るう。風が変化し、鎌《かま》の刃《やいば》を持つイタチに変じた。

クルクルと身体を回転させるイタチが、目の前の虎の喉《のど》を掻《か》っ切《き》る。その瞬間、虎は墨汁となって地面に崩《くず》れ落《お》ちた。

「惚《ほ》れ惚《ぼ》れするほどに躊躇《ちゅうちょ》がない」

サイの声。

作りもののような笑顔を想《おも》い浮《う》かべながらテマリは声のしたほうを見た。

いない！

いつの間《ま》にどこに消えたのか？

目で追うような間はなかった。

「墨霞《すみかすみ》からの瞬身《しゅんしん》……。これをとらえきれる忍はそうはいません」

背後から声。

間に合わない。

「ええいッ、ままよッ！」

背後から斬《き》られるのはわかっている。

右からか左からか？

賭《か》けだ。

右から斬られないことを祈りながら、思いっきり身体を右方へと傾けた。

テマリの左の肩の上すれすれの所を虎の爪が駆け抜ける。

「甘いよ」

ゾクリとするほどに冷たい声でサイが言った。

いつの間にか正面に立っている。

「畜生《ちくしょう》ッ！」

右に傾けたままの身体に添わせるようにして盾《たて》の代わりの扇子をかざす。鉄の刃すらも通さない頑丈な布で織《お》られた特注品である。クナイ程度の刺突《しとつ》なら十分に防ぐ。

が……。

「くうッ！」

腹部を鋭い痛みが貫《つらぬ》いた。

「繊細《せんさい》なチャクラの操作……。ボク得意なんだ」

サイが無邪気に言った。その手に握られたクナイが、扇子を突き破ってテマリの腹に突き立っている。

サイの握るクナイにぼんやりと靄《もや》のようなものがまとわりついている。

チャクラだ。可視化できるほどに濃密なチャクラをまとわせることで、通常の何十倍もの強度と鋭さを付加することができる。

「君たちがどれだけ頑張ってもゲンゴ様には敵《かな》わない。いずれこの世はボクたち革者が統《す》べることになる」

「ほ、本心から言ってるのかい？」

「あぁ」

笑《え》みを崩さずサイが言った。幻術にかかったという程度の軽い症状ではない。ゲンゴへの揺るがない信頼が、サイの顔ににじんでいる。

でも……。

「じゃあアンタ、なんで泣いてんのよ」

「え？」

右の目尻《めじり》から涙がひと筋こぼれ落ちているのをテマリは見逃《みのが》さなかった。心の深奥《しんおう》でサイは葛藤《かっとう》している。

「泣いてなんかいないよ」

言いながらサイがクナイをグイと深く突く。

息が止まる。

「いい加減目を覚ましなさいよぉぉぉぉぉぉッ！」

怒鳴《どな》り声《ごえ》。

腹に突き立ったクナイだけを残し、テマリの視界からサイが消えた。

「大丈夫?」

倒れそうになる身体を誰かが支えていた。

「喋《しゃべ》らないで。いまお腹《なか》の傷を塞《ふさ》ぐから」

「サ、サクラ?」

サクラの手がクナイを抜き、すぐに傷口に触れた。温かいチャクラの波が、テマリの腹を穏《おだ》やかに包みこむ。

「サ、サイは?」

「大丈夫よ、仲間がいるから」

「え?」

テマリはサイが吹き飛んだであろうあたりへと目をむけた。

サクラが殴《なぐ》り飛ばしたサイを、誰かが押さえつけている。

巨漢……。

あれはたしかシカマルの親友だ。

「チョウジッ! そのまま拘束《こうそく》してててッ!」

サイを押さえこんでいる巨漢の男の背後で、長髪のくノ一が両の掌《てのひら》を広げ、叫んでいる。

「シカマルが危ないって時に、木ノ葉の忍が動かなかったなんて言われちゃ癪《しゃく》だから」

テマリの腹に手を当て、サクラが言った。背後に傷だらけの忍が二人立っている。一人は中年の骨ばった顔の男。そしてもう一人はテマリよりもずっと年下の女の子だ。

腹の痛みをこらえながら、テマリはサクラにむかって口を開いた。

「や、ヤツは幻術に……」

「この人たちに聞いたから」

背後に立つ二人の忍がうなずく。

「よしッ！　準備オッケー」

サイにむかって掌を差し出しているくノ一がチョウジに言った。巨体の下でジタバタと手足を動かすサイの顔に、殺気が満ちている。食いしばった口から、ぬらぬらと輝く牙がのぞいていた。

「忍法・心転身《しんてんしん》の術ッ！」

くノ一が叫ぶ。

「いののあの術が発動すれば大丈夫」

サクラがつぶやいた。

チョウジがサイから離れる。

サイが立ち上がった。

刹那《せつな》。

雷《かみなり》に打たれたようにビクンと小さく震えて動かなくなった。サイのほうへ掌をむけたまま、いのと呼ばれたくノ一も身体を硬直させている。

「さぁ、治ったわよ」

サクラが掌を離す。

腹の痛みは消えていた。

＊

深く深く潜《もぐ》る……。

サイはまだ見つからない。

潜っても潜っても闇《やみ》ばかり。

普段から本当の自分というものを自覚しきれていないサイのことだ。ちょっとやそっとじゃ見つからないことはわかっていた。

それでも助ける……。

でなきゃ私がここに来た意味はないのだから。

サイの心の裡《うち》でいのは必死にもがきつづけていた。

心に潜りこみ、みずからの意のままに敵を動かすことができる心転身の術は、使いようによっては相手の心に内面から影響を及ぼすこともできる。中忍《ちゅうにん》試験の折、サクラの裡で心同士で戦った際に気づいたことだ。

自分がわからないと悲痛な筆跡で書き残した書状を見た時、いのにはサイの葛藤《かっとう》が痛いほどにわかった。その時はまだゲンゴという存在もその幻術も知らなかったが、とにかく自分が行かなければと思ったのである。シカマルを助けたいのはもちろんだが、いのを動かしたのはサイの苦悩に満ちた書状だった。

虚《うつ》ろな自分にいつも悩んでいたサイは、ゲンゴの幻術に誰よりも深くかかっている。サイを助けることができるのは自分だけ。

だからどこまでも深く潜ることができた。

あまり深く潜ると今度は自分の存在が曖昧《あいまい》になってきて、最後には相手の心に取りこまれて二度と戻れなくなってしまう。そんな危険を冒《おか》してもサイを助ける理由がある。

もっと語り合いたい……。

いつも寂《さび》しげな笑みを浮かべているサイのことが、もっともっと知りたかった。

こんな所に一人置いてけぼりにする訳《わけ》にはいかないのだ。

わずかな光さえ届かぬ真の闇のなかに仄《ほの》かな暖かさを感じた……。

ナルトのチャクラだ。

サクラのものも混じっている。

ヤマト……。

カカシ……。

木ノ葉の忍たちのチャクラが混ざり合っている。

吹雪《ふぶき》のただなかに燃える炎。

温《ぬく》もりを求めるように、いのはみんなのチャクラを目指した。

居《い》た……。

温かいチャクラの繭《まゆ》のなかでうずくまっているサイを、いのは五感ではっきりととらえた。

「こっちよサイッ!」

必死に手を伸ばす。

声に気づいたサイが顔を上げた。

両目を真っ赤に腫《は》らし泣いている。

「さぁ、私と一緒に来てッ」

「君は……」

足を組んだまま手を伸ばそうとしないサイの肩をしっかりとつかんだ。

「行きましょう」

サイが微笑《ほほえ》む。

これまで見たことのない自然な笑みだった。

＊

深い水底《みなぞこ》から顔を出し酸素を求めるように、いのは全身で空気を求めた。

闇が破れ周囲は光で溢《あふ》れている。

敵と味方が激しく戦っていた。チョウジやサクラに守られながら、いのは寝かされたサイの頭の横に座っている。

「どうだった、いの？」

チョウジの声が聞こえるが答える気力がない。

膝《ひざ》のそばでサイがゆっくりと目を開く。

気づけば手を握っていた。

「サイッ」

「君が……」

手を握られたままサイがぼんやりとつぶやいた。

「もう心配ないから」

言ったいのの目から涙がこぼれる。

「ありがとう美人さん」

「バカ……」

二人は穏《おだ》やかに笑い合った。

三

長い長い螺旋《らせん》階段を誘われるようにして駆け昇る。見つめる先にあるのはゲンゴの背中。側近《そっきん》たちは広間で戦っている。神のように崇《あが》められていた男のたった一人の逃走であった。

左右を石の壁で閉ざされた螺旋階段は、それだけで異様な圧迫感がある。グルグルと駆け昇っていると目が回りそうになった。

「いい加減諦《あきら》めたらどうだ？」

背中に問う。

答えが返ってくるはずもない。

ゲンゴの前に巨大な鉄の扉が現れた。なんの装飾もない不格好《ぶかっこう》で武骨な門扉《もんぴ》である。

重い扉を躊躇《ちゅうちょ》なく開いたゲンゴがなかに消えた。扉の隙間《すきま》から暗闇《くらやみ》が垣間見《かいまみ》えた。

閉ざされた扉に手をかける。

誘っている。

間違いなくなにか仕掛けがあるはずだ。

扉を開いた。

どんな策が待っていようと関係ない。

進むのみ。

扉のむこうは真の暗闇。

無音の闇に気配だけが潜《ひそ》んでいる。

一人。

唐突に背後で扉が閉まった。気配は目の前にあるから、閉めたのは他の誰か、もしくは目の前の気配の主《ぬし》がなにがしかの小細工をしたのだろう。

「臆《おく》することなく単身むかってきたか。その行為が蛮勇《ばんゆう》でないことを願うのみだ」

ゲンゴの声だ。

「この闇では私の姿をとらえることもできまい」

「奈良《なら》家の忍《しのび》は代々みずからの影を操《あやつ》る。影を生むのは闇だ。いわば闇は影の母。影とともに生きるオレにとってこの闇は、母親の胎内《たいない》みてぇなもんだ。さっきからずっと、オレはアンタをはっきりととらえてるぜ」

半分ハッタリである。

たしかに闇に慣れてはいるが、だからといって暗視ができる訳《わけ》ではない。気配の濃淡が他の忍よりも若干《じゃっかん》敏感にわかる程度だ。

「面白い……。貴君《きくん》は本当に面白い男だ。ここで殺すには惜しいほどにな」

自信に満ち満ちた口調でゲンゴが言った。

沈黙……。

シカマルもゲンゴも黙ったまま相手の気配に意識を注《そそ》いでいる。

「オレはもともと霧隠《きりがく》れの忍だった」

沈黙を破るようにゲンゴが語りだした。

「貴君は桃地再不斬《ももちザブザ》という男の名を知っているか？」

知っている。

下忍《げにん》になったばかりの頃、ナルトがしょっちゅう口にしていた名だ。手違いで受けた任務で戦うことになったとかいう手練《てだ》れの抜け忍《ぬけにん》がたしか桃地再不斬といった。

「再不斬が霧隠れの里でクーデターを起こした時、彼が願っていたのが私の理想とする世の中だった」

忍こそが世界を支配する……。

「しかし内通者の通報によってクーデターは露見し、再不斬は抜け忍となった。その時つき従ったなかに幼い私もいた。しかし理想の実現のために金を必要とした再不斬はマフィアまがいの豪商《ごうしょう》と手を結び汚れ仕事を請け負《お》うようになった。理想のためという大義名分のためにみずからの手を汚す再不斬を見限り、多くの同胞が袂《たもと》を分かった。そのなかに私もいた。それから十数年。私はついに国を手に入れた。ここからなのだ……」

ゲンゴの声が震えている。

「ここからやっと私の野望がはじまるのだッ！　なのに貴様らのせいでッ！」

ゲンゴの気配から殺気がにじみだす。

地面を蹴《け》る静かな音がシカマルの耳に届いた。

クナイを引き抜き構える。

目には見えない。

気配で追うしかなかった。

ゲンゴは一直線にこちらにむかってきている。

正面から受けるにはあまりにも情報が少ない。

「再不断は道を誤《あやま》ったッ！　理想を実現させることを焦《あせ》って手を汚したッ！　しかし私は違うッ！　辛苦《しんく》の道の末に術を編みだし、人を熱量の渦に巻きこみ、国を支配するのだ。そしてその渦を拡大させ、果ては大陸全土を呑《の》み喰《く》らうッ！」

叫び声のなかに異質な音を聞いた。

空《くう》を斬《き》るような唸《うな》り……。

刃《やいば》だ。

しかもかなり大きい。

鉈《なた》？　いやもっと細い。長刀か太刀《たち》のようなものだ。

気配が間近に迫った。

空を斬るような音がシカマルの首にむかって迫ってくる。

息を呑み横に飛ぶ。

斜めに傾いたシカマルの身体《からだ》の上を疾風《しっぷう》が駆けた。

「よく避《よ》けた。が、これで終わりと思うなよッ！」

叫びと同時に横薙《よこな》ぎの疾風が虚空《こくう》で軌道を変えた。

転がって片膝立《かたひざだ》ちになったシカマルの脳天めがけて唸りが迫る。

暗闇のなかにゲンゴを夢想する。

空を斬る音の範囲から刃の長さを測り、その先に柄《つか》を想い描く。

そのむこうにゲンゴがいる。

この暗闇では影はできない。忍術で拘束《こうそく》するのは不可能だ。

己《おの》が身だけが頼り。

幾分《いくぶん》頼りない体術しかシカマルに残された武器はなかった。こんなことならリーあたりに教えを受けていればよかったなどという無駄な思考を描けるほど頭脳は緩《ゆる》んでいる。

「へへッ……」

柔らかい思考が戻ってきたことに満足し、シカマルは一人笑った。

唸りがシカマルの束《たば》ねた頭髪の先に触れた。

「ッ！」

全神経を集中させ、脳裏《のうり》に描いたゲンゴにむかって思いっきり前転した。

太刀は間合いの奥深くに入られるとたちまち威力を失う。刃に追い立てられている時は、逃げ回るよりも懐《ふところ》に潜りこんだほうが有効なのだ。

生を得ようとすれば死に、死なんとすれば生きる……。

兵法の基本だ。

転がったシカマルの背後で太刀が床を斬った。一回転したのち目一杯しゃがみこんだ足を一気に伸ばして上空に飛ぶ。

頭がゲンゴの身体に当たる感触。

呻《うめ》きとともにゲンゴがしゃがんだ。

「ほらよッ！」

ゲンゴの折れ曲がった膝の上に右足を乗せ、左の膝で頭を蹴る。気配の濃淡と物音、そしてそれまでの動きを最大限に夢想した結果、シカマルの脳にはゲンゴの姿がはっきりとイメージできていた。

「かはッ」

したたかな一撃を喰らってもなおゲンゴは倒れなかった。仰《の》け反《ぞ》ろうとする身体を筋力で強引《ごういん》に押《お》し留《とど》め、太刀の柄から手を放してシカマルの胴を両腕で抱く。

宙を浮遊するような心地のあと、首筋から背骨を電流と激痛が貫《つらぬ》いた。投げられたと気づいた時にはすでにゲンゴの気配が立ち上がっている。カラカラと鉄で石の床を削るような音が聞こえた。おそらく太刀を取り直したのだ。

全身がしびれている。あと数瞬は身体が思うようには動かせない。

「霧隠れには七本刀という刀があり、里の忍は幼い頃より刀を操る術を叩《たた》きこまれる」

言ったゲンゴが太刀を振るった。

狙《ねら》いは寝転がったままのシカマルだ。

道はひとつしかなかった。

荒唐無稽《こうとうむけい》。

みずからで試みるなど思ってもみなかった芸当だ。

しかしそれ以外に逃《のが》れる術《すべ》はなかった。

「ままよッ！」

唸りに合わせてシカマルは両腕をあげた。夢想のなかにある刃めがけて両の掌《てのひら》を思いっきり差し出す。

冷気が掌から伝わってくる。

刃のものだ。

「どッ、どうにかなったみてぇだな……」

「馬鹿な」

茫然《ぼうぜん》とゲンゴがつぶやいた。

無理もない話だ。なにせいまゲンゴの太刀は、シカマルの両の掌でしっかりと挟みこまれているのだから。

「忍法・真剣白刃取《しんけんしらはど》り……。なんてな」

「どこまでもふざけおって」

怒りをにじませるゲンゴの声。

虚空で止められたままの刃に力がみなぎる。

このまま膂力《りょりょく》だけで押そうというつもりなのだ。寝転がったままのシカマルと立ち上がり万全の体勢で太刀を振るったゲンゴでは、力の入り方が違う。分《ぶ》はゲンゴにあった。

じりじりと太刀が下がっていく。

「貴様を殺し、広間のヤツらも同志に引きこみ、私は野望にむかって邁進《まいしん》する」

「おいおい、いつの間《ま》にか〝貴君〟が〝貴様〟になってるぜ。化けの皮が剝《は》がれちまってることにさえ気づかねぇヤツに世界をどうこうできる訳がねぇだろ」

「この状況でなにを言う。貴様は彼我《ひが》の優劣すらも解《かい》せぬ愚者《ぐしゃ》だ」

「その愚者を片腕にしようとしたのはどこのどいつだ」

「どこまでも屁理屈ばかり……。貴様の言葉には芯《しん》がない」

ゲンゴの太刀にいっそう力がこもった。

刃を押さえる腕が震えている。

すでに限界は近かった。

額《ひたい》から生温《なまあたた》かい汗が流れ落ちる。

絶体絶命……。

それでもシカマルは笑っている。

「芯がないからこそ強いってこともあるんだぜ」

「無為《むい》な問答を繰《く》り返《かえ》すつもりはない。もうじき貴様は死ぬのだ」

「まぁ聞けよ」

言ったシカマルの額に刃が迫る。

「オレは雲を見るのが好きなんだ」

「黙れ」

「雲ってのはつかもうとしてもつかめねぇ、風があればすぐに吹き飛んじまう。芯のねぇ胡乱《うろん》なもんだ」

額に冷たいモノが触れた。

かまわずつづける。

「ただそんな芯のねぇ胡乱なもんでも、雨を降らせることもありゃ、雷《かみなり》を落とすことだってできるんだ」

「それがどうした?」

「芯がありゃまともだなんて考えが間違ってるって言ってんだよ。芯なんかなくっても……。確固たるモノがなくっても、人として曲げちゃいけねぇモンを持ってりゃ、なんとかなるんだよ。そんなこともわからねぇで、誰もが自分の思いどおりになると思ってやがるバカ野郎には、死んでも理解できねぇだろうがな」

額の皮が裂け、生温かいものが流れだしていた。それでも語ることを止《や》めないシカマルの言葉に、ゲンゴが自然と引きこまれている。意識がシカマルの言葉に集中しているのが手に取るようにわかった。

好機。

寝転がった体勢のまま、ゲンゴの踏ん張った軸足を横薙ぎに蹴った。

よろけたはずみで刃がわずかに傾く。その流れに逆らわぬように頭だけを回転させた。額の皮の表面だけを掠《かす》め取《と》りながら、刃が床へと吸いこまれてゆく。

頭を回した方向に全身を回転させてゲンゴの股《また》の間から抜け出すようにして立ち上がった。

ちいさい呼気をひとつ吐き、シカマルは床を蹴って飛び上がる。即座に右足をゲンゴの顔がある場所にむかって突き出した。

鼻をとらえた鈍く柔らかい感触が、足の裏から伝わってくる。

ゲンゴは倒れない。

着地と同時にもう一度後方に跳《は》ね、太刀の間合いから逃れる。

「どうだい、オレの言葉の幻術の味は？」

「舐《な》めるなよ小僧……」

「おいおい〝貴様〟の次は〝小僧〟かよ」

言ったシカマルの背後で金属をこするようなけたたましい音が鳴った。

眩《まばゆ》い光が射《さ》しこむ。

「無事かッ、シカマルッ！」

チョウジの声だ。肩越しに見たシカマルの視界に、門扉を開け放ちこちらを見つめる仲間の姿があった。チョウジにいのにサクラ、そして鏃《ソク》と朧《ロウ》の二人も幻術を解かれてそこにいた。

もちろんテマリの姿もある。

サイはどうなったのだろうかとふと思いながらも、シカマルはふたたびゲンゴへと目をうつす。

「術の準備だ、いのっ」

叫んだ。

腰の後ろに右手を回し、いのにだけわかるように親指を立てて合図をした。長年チームを組んできた間柄《あいだがら》である。意思疎通《そつう》は完璧《かんぺき》だ。

「承知ッ！」

いのからの返答。

「オレの合図があるまで、誰も手を出すなッ」

額から流れだす血が視界を阻《はば》む。掌で拭《ぬぐ》ってから、ベストの裏に仕舞《しま》っていた木ノ葉隠《こはがく》れの額当《ひたいあ》てを取りだし、額にきつく締《し》めた。止血の役目がどの程度できるのか心配ではあるが、ないよりはましだ。

「余裕じゃないかッ、え？　シカマルッ！」

瞳《ひとみ》を血走らせながらゲンゴが太刀を振り上げ間合いを詰めてくる。

印《いん》を結ぶ。

シカマルの足元から影が伸びて、ゲンゴにむかって疾走《しっそう》する。

「ネタがばれた手品に引っかかる愚か者などいないッ」

影の先端が足に触れる直前にゲンゴが床を蹴って跳躍《ちょうやく》した。

落下の勢いに任《まか》せてシカマルを斬る。

脳天からシカマルがふたつに割れた。

肉が色を失い黒く染まる。

影だ。

「分身ッ」

つぶやくゲンゴの背後にシカマルが迫る。

手にはクナイ。

首筋を斬りつける。

霧隠れの里で刀術を仕込まれたというだけはあって、ゲンゴは絶妙な間でもって屈《かが》んでかわす。そのまま両膝を曲げた姿勢で身体を反転させ、下段《げだん》の構えのまま刃を水平に寝かせた太刀をその動きに合わせる。

シカマルの胴が両断された。

またも影に変じる。

「小癪《こしやく》な真似《まね》を……」

「準備ができたッ」

ゲンゴの憎々しい声と同時にいいのが叫んだ。

「よしッ」

すでにシカマルも用意が整っている。

シカマルの実体はゲンゴの太刀の間合いから十分に距離を取った場所で、いのが心転身《しんてんしん》の術を発動させるのを待っている。両手の掌を突き出し親指と人差し指で三角形を作っている独特の構えで、いのがゲンゴのほうを見た。

「忍法・心転身の術」

ゲンゴが咄嗟《とっさ》に身体をひるがえし、いのから逃げた。それを見たいのがしずかに微笑《ほほえ》む。

そしてゲンゴに狙いを定《さだ》めていた掌を、シカマルへとむけ直す。

シカマルの全身が硬直した。

心のなかにいのが入ってくるのがわかる。

術が発動していたのは数瞬。呼吸をひとつするかどうかという間に、すでに術から解放されていた。

「鏃、朧ッ」

術を解いたいのが二人を呼んだ。

狙いどおり……。

標的の心に入りこむことができる心転身の術は、術が発動した身体のなかでたがいの意識を共有することができる。それを利用したのだ。シカマルが立てた策は、すでにいのも共有している。それを鎌と朧に伝えてもらうのだ。

この男を仕留《しと》めるのは鎌と朧との三人でと決めている。

「じゃあ行くぞッ！」

シカマルの言葉に鎌と朧がうなずく。

ゲンゴへむかってシカマルは駆ける。鎌と朧は部屋の端にむかって走りだし、たがいに対極の角《かど》に立って動きを止めた。

「なにをしようが無駄だッ」

「さぁ最後の戦いだ。楽しくいこうじゃねぇか」

クナイと太刀が虚空で激突した。両者の得物《えもの》の間には刃物としての圧倒的な質量の差がある。ゲンゴの斬撃《ざんげき》に押されるようにシカマルの身体がおおきく仰け反った。そこに反転した太刀が返ってくる。

またも両断されるシカマルの身体。

やはり影……。

「どこまでも愚弄《ぐろう》しおってッ！」

逆上が言葉となってゲンゴの口から吐きだされる。

上空から落下するシカマルがゲンゴの脳天を襲う。

太刀が切り払う。

またも影。

影、影、影、影、影、影、影、影、影……。

幾度となく太刀がシカマルを切り裂いた。しかし斬っても斬ってもシカマルは影となって虚空に消えてゆく。

「どこに消えたッ、シカマルッ！」

ゲンゴの前からシカマルが消え去った。

背後……。

忍び寄るシカマルにゲンゴは気づいていない。

「王手」

ささやく声に血相を変えてゲンゴが振り返った。

遅い……。

すでにシカマルの足から伸びる影がゲンゴの身体に絡《から》みついている。

影分身を無数に繰りだし、朧の力を使い、すべての分身に濃いチャクラを帯《お》びさせる。

そうして自然とゲンゴの脳にシカマルの分身のチャクラの質を覚えこませた。幾度も斬るうちに、ゲンゴは分身が放つチャクラを無意識のうちに追いはじめる。そうやってチャクラを追う意識を作った上で、本当のシカマルはこれまた朧の力でチャクラをすべて消し去った状態で背後を取るのだ。完全な死角から飛びこまれたゲンゴには、影首縛《かげくびしば》りを受けるまでなにが起こったかわからない。

「シカマル貴様ぁぁぁッ」

身体を縛られたまま、ゲンゴが力の限りをつくしてシカマルのほうへと首を回す。怨念《おんねん》のこもった言葉を吐く口からは、ぬらぬらと紅《くれない》に光る長い舌がのぞいていた。

「ヒノコッ」

シカマルは叫ぶ。

「だぁぁぁッ！　だから名前は呼ぶなって言ってるシィイイイッ！」

耳をつんざくような声と同時に鏃が右手の人差指からチャクラを放つ。

オレンジ色の稲妻《いなずま》がゲンゴの舌を的確にとらえて貫くのをシカマルはたしかに見た。

「かッ、かはぁぁッ？」

頭を高く突き出すようにしてゲンゴが乾いた息を吐いた。

「アンタの舌に流れるチャクラを絶《た》った。もうアンタは言葉を吐くことができねぇ身体になっちまったんだ」

ゲンゴの目から涙がひと筋こぼれ落ちた。

「オレがきっと戦《いくさ》のない世を作ってみせる。だからアンタの夢を奪ったことを許してくれ」

言いながら朧にむけて目で合図を送った。拷問《ごうもん》や幻術を受けてもなお頑強さを保《たも》ったままの骨太な男が、おおきく肩を上下させながら駆けてくる。

「拘束して連合に連れてゆく」

「承知いたし申した」

朧は目を輝かせながらうなずいた。その視線に敬服の念が満ちている。照れくささを誤《ご》魔《ま》化《か》すようにシカマルは指先で鼻の頭をつまんでから、ゲンゴを差しだす。影首縛りの術を解くのと同時に、朧がゲンゴの腕を幾重《いくえ》もの鉄輪《かなわ》と護符《ごふ》で造られた暗部《あんぶ》特製の手錠で拘束した。

気づけば朧の背後にいつの間にか鎌も立っている。

「任務完了だな。少し不細工だったが……」

照れくさそうなシカマルの微笑に、二人はいまにも泣きそうなくらいに顔をクシャリと崩《くず》してうなずいた。

四

ゲンゴを連行し螺旋《らせん》階段を降りたシカマルが仲間とともに広間に到達した頃には、革者《かくしゃ》と忍《しのび》の戦いもひと段落していた。鏃《ソク》によってゲンゴの舌のチャクラが絶《た》たれたと同時に革者にかけられていた幻術も晴れ、それが戦闘終息に大いに役立ったようである。

激戦であったにもかかわらず、革者と忍双方の犠牲者《ぎせいしゃ》は思いのほか少なかった。数名の重傷者を除けば、みな軽傷である。死者が出ていないことが奇跡であるが、これは先に突入した砂隠《すながく》れの忍たちが、できるだけ殺さずにという我愛羅《ガアラ》の命《めい》を忠実に遂行《すいこう》した結果であった。

ゲンゴ捕縛《ほばく》という事実を知った側近《そっきん》たちは、みな一様《いちよう》に肩を落とし戦う気力を完全に失っている。熱病のような夢から覚め、いまは凄《すさ》まじい虚脱感に身をゆだねているようだった。広間のいたる所でうなだれる革者たちを、木ノ葉《こ　は》隠《がく》れと砂隠れの忍たちが拘束《こうそく》し、手当てをしている。

「サイッ!」

人の群れのなかに忍たちに介抱《かいほう》されているサイを見つけた。

「シカマル……」

上体を起こしたサイが、虚《うつ》ろな眼差《まなざ》しでシカマルを見た。螺旋階段を降りてゆく際に、いのから広間を出てからあとの経緯《いきさつ》は聞いている。

強硬な手段で幻術から引きずりだされた影響か、サイはいまもまだ忘我《ぼうが》の海をただよっているようだった。

「すまない」

「気にすんな、全部終わったよ」

優しい言葉をかけながらシカマルはしゃがんでサイの肩に触れた。しなやかな筋肉に包まれた肩がかすかに揺れている。涙は流していない。心が泣いている。

「自分が情けない」

「あの男の言葉には魔力があった。オレだって一度は墜《お》ちかけたんだ。恥じることはない」

「でも……」

「あんまり気にすんな。どんなことがあっても動じずに飄々《ひょうひょう》としてるのが、お前のいいところだ」

「ありがとうシカマル」

大きく見開かれたサイの右目の目尻《めじり》から涙の粒がひとつこぼれ落ちた。

「木ノ葉に戻って少し休め。オレがカカシさんに言っとくからよ」

「ありがとう……」

そう言って頭を下げたサイのかたわらにいのが立つ。

「後は頼んだぜ」

いのに告げて立ち上がる。いのは目を閉じ深くうなずくと、シカマルと入れ替わるようにしてサイのそばにしゃがみこんだ。

「シッカマッルゥウウウウウウッ！」

安堵《あんど》の溜息《ためいき》をついたシカマルの背中を、威勢のいい声が叩《たた》いた。

そうだこの男のことをすっかり忘れていた……。

頭を掻《か》きながら声のしたほうへと振りむく。

視界を拳《こぶし》が覆《おお》う。

身体《からだ》が揺れた。

転がる。

床から天井、天井から床へと景色がめまぐるしく変わる。

六回転……。

強大な力に翻弄《ほんろう》されながらも、シカマルは自分が回転した回数を冷静に数えていた。尻《しり》が床につき、なんとか身体が止まる。座ったままのシカマルの目に次に飛びこんできたのは、自分へ飛びかからんとする人影であった。両手を床につけ上体を起こしているシカマルの胴に人影が馬乗りの姿勢になる。

襟首《えりくび》をつかまれ思いっきり揺すられた。首がなん度もガクンガクンと上下するなか、シカマルは男の熱い怒《ど》号《ごう》を聞いている。

「お前ッ、なんでッ、オレをッ、自分ばかりッ、いつもッ、そうやってッ、みんなッ、心配ッ、オレだってッ、ぬぁぁぁッ、バカ野郎ッ！」

「すまないナルト」

シカマルは人影の名を呼んだ。

「本当にお前はバカ野郎だってばよッ！」

ぶつ切りの単語を必死につらねてナルトは自分の気持ちを必死に伝えようとする。その明瞭でない言葉にこもるシカマルを想《おも》うナルトの気持ちがジンジン伝わってきた。心の奥に炎を抱《いだ》くこの男こそ〝火《ひ》〟の名を冠する木ノ葉隠れの長《おさ》に相応《ふさわ》しいとあらためて感じさせられる。

「お前はオレの参謀《さんぼう》になるんじゃなかったのかよ」

謝罪の言葉と無事な姿を見て、ナルトは幾分《いくぶん》落ち着いたようだった。

「もうこの国は大丈夫だ」

ナルトが力強く言いきった。その背後にいつの間にかサクラが立っている。

「ここの支配階層だった革者たちは元は忍だから、先の大戦の英雄であるナルトのことはみんな知ってる。ナルトが来たと知って、これに刃向《はむ》かおうとする者はいないわ。それにゲンゴが拘束されて幻術も覚めただろうから、すぐに全部収まると思うわ」

ナルトの忍の世での影響力は計り知れない。サクラが言うとおり、ナルトが到来したと聞けば、革者たちが刃向かうことはないだろう。

「これからはなんかあったら真っ先にオレに言えってばよ」

「あぁ」

シカマルは目を伏《ふ》せて素直にうなずいた。

ナルトが襟から手を放して立ち上がった。

「ほら」

力強い手が差し出された。

黙ったままつかむ。

物凄《ものすご》い勢いで腕が引っ張られ、一気に立ち上がった。強引《ごういん》なまでに真《ま》っ直《す》ぐなナルトのこの直情的なやりようがシカマルには羨《うらや》ましい。そしてこの男のためならばと想わせる。

「これが最後だ……」

「え？」

つぶやいたシカマルにナルトが首をかしげる。

ナルトの胸を拳《こぶし》で小突《こづ》く。

「ガキみてぇな真似《まね》をするのはこれが最後だ」

「あぁ」

「これからはガキのお守《も》りが待ってるからな」

「ガキって誰のことだってばよ」

「わかってんだろ？」

二人は静かに笑い合った。


サイや暗部《あんぶ》の二人の治療などのため、ひとまず木ノ葉隠れの里に戻ることになった。黙《しじま》の国のことは、残留するナルトやサクラたちに任《まか》せる。ナルトが残ってくれれば心配はない。ゲンゴさえいなくなれば後はどうとでもなる。

砂隠れの忍たちも一部の者を残し、里に戻ることになった。幄《とばり》の里を出れば別々の道を行くことになる。

「今回は借り作っちまったな」

里の大門の前に立ち、シカマルは我愛羅に言った。我愛羅の背後には里に戻る忍たちが勢ぞろいしている。荒涼とした砂漠に住む忍たちは精強《せいきょう》な顔つきをしていた。そのどれもがシカマルを見て笑っている。忍の世界がひとつになりはじめていることを、こういうなにげないところで感じる。

「気にするな。お前はこれからの連合になくてはならぬ存在だ。借りなどという堅苦しい言葉を使って大仰《おおぎょう》に構えることではない。仲間を助けるのは当たり前のことではないか」

腕を組み我愛羅が言う。以前はこれほど饒舌《じょうぜつ》に語る男ではなかった。能面のような表情からはまったく感情が読み取れず、つねに殺気をはらんだ危険なヤツだった。そんな男の口元にもまた、砂隠れの忍たち同様おだやかな微笑がにじんでいる。

シカマルの背後にはサイや鏃《ソク》や朧《ロウ》。そしていのとチョウジ。それに里に戻る木ノ葉の忍たちがそろっていた。彼らもまた穏やかな表情で二人のやり取りを見守っている。

「しかしよかった……」

しみじみと我愛羅がつぶやく。

「姉上の苦悩がなければ我《われ》らは貴重な男を失うところだった」

我愛羅の隣《となり》でテマリが視線を斜め上方にむけたまま、聞き流しているといった態度を取っている。照れ隠しのつもりだろうが、あまり可愛《かわい》げはない。

「あの男のことは心配するな。我らが帰る途次《とじ》、連合本部に連れてゆく」

「なにからなにまで世話をかける」

「だからそのような他人行儀な物言いはするな」

里の忍から絶大な信望を得る風影《かぜかげ》は、そう言って手を差し出してきた。

「ではまた連合で会おう」

シカマルも手を差し出す。熱いほどの温《ぬく》もりをはらんだ我愛羅の手を強く握った。その力に敗《ま》けぬほどの力強さで、我愛羅も握り返してくる。

「じゃあな」

「あぁ」

手をほどくと我愛羅は振り返って仲間たちを見た。

「戻るぞ」

砂隠れの忍たちが気合のこもった声で応《こた》えた。

「おい」

背をむけようとしていたテマリに声をかけた。

自分でもびっくりするくらいに無意識だった。

歩《ほ》を進めようとしていたテマリが立ち止まる。砂隠れの忍たちも立ち止まろうとしたが、我愛羅が行けという合図を送るのを認めると、門から延びる大路《おおじ》を駆けだした。一度シカマルへ視線を投げて、我愛羅もそれにつづく。

テマリだけが残った。

〝きゃッ！〟という上ずった声がシカマルの背後から聞こえてくる。

鏃だ。

かまわずにシカマルはテマリのほうへと近づいた。

「なんだ？」

仏頂面《ぶっちょうづら》でテマリが問うてくる。

半端《はんぱ》ない目力だ……。

怖《お》じ気《け》づく自分を奮《ふる》い立《た》たせるように一度深く息を吸いこむと、シカマルは自分の思いを口にした。

「今回はあ……」

駄目だ言葉にならない。

「なんだ？」

苛立《いらだ》つようにテマリが急《せ》かす。いまにも弟を追おうとするように、わずかに身体を背後の大路のほうへとむけた。

「今回はありがとうよ」

「ふんッ」

鼻で笑うテマリに、シカマルはつづけた。

「今度、メシでも一緒にどうだ」

「なんだデートの誘いか？」

テマリが真剣な眼差《まなざ》しで淡々と問うてくる。恥じらいなど微塵《みじん》もない、可愛げのない態度だった。

なぜオレはこんな女をメシに誘っているのか？

シカマルは自問する。

「まぁそういうところだ」

無意識に言っていた。

誘ったのだから仕様がない。いや、誘いたいから呼び止めたのだ。自分でもわからない感情にシカマルは戸惑《とまど》っている。

「そうか デートか……」

まるでこれから困難な敵を前にして行われる軍議の席でもあるかのように、テマリは手を顎《あご》に当てて真剣に考えはじめた。

「嫌《いや》か?」

思わず問うていた。そんなシカマルの顔をしばらくしげしげと眺めていたテマリが、手を顎からはずして腰に当てた。

「めんどくせー」

そう言ったテマリの満面の笑《え》みがシカマルにはとても大事なモノのように思えた。

仕舞

黙《しじま》の国を去ってから一週間。俘囚城《ふしゅうじょう》での監禁やゲンゴとの戦いの疲れを癒《いや》すようにというカカシの計らいでシカマルは休暇を命じられた。額《ひたい》の傷もゲンゴとの戦いのあとすぐにサクラに癒してもらっているし、休暇を必要とするような怪我《けが》はどこにもない。心にいたっては、黙の国に行く前よりもむしろ軽くなっている。別段休む必要はなかったのだが、カカシがどうしても休めというから仕方なく休んだ。

チョウジやいのたちも木ノ葉《こは》に戻ってくるとすぐに別の任務で外に出てゆき、ナルトやサクラはいまだ黙の国に留《とど》まっている。ミライを訪《たず》ねて紅《くれない》先生の家に行っても、数時間話をすれば事足《ことた》りた。

なにをするでもない一人だけの時間。

誰にも邪魔されない一週間。

久しぶりに穏《おだ》やかな日々を過ごした。

日がな一日将棋盤《しょうぎばん》を眺めて一人で駒《こま》を動かしている日もあれば、里の外に出て山に登り、朝陽《あさひ》が昇ってから空が夕陽に染まるまでずっと雲を眺める日もある。そんな時間がたまらなく楽しかった。

自分が変わったということを実感する。

黙の国に行く前のシカマルならば、一週間もの長い間任務や連合の仕事から離れるとなれば絶対に焦《あせ》ったはずだ。自分がいない間に大事件が起こってはいないか、なにか重大なミスを誰かが起こしていないかなどと愚にもつかないことばかりを考えて、一日たりとも満足に休めなかっただろう。

しかし今回は、十分すぎるくらいに休んだ。この一週間、任務や連合のことを思いだすことは、寝る前の蒲団《ふとん》に入った十分程度。

自分がいなくとも仲間がしっかりやってくれている。自然とそう考えることができるようになった。

責任感がなくなった訳《わけ》ではない。余裕ができただけ。もしも自分が本当に必要になった場合は、かならずカカシやテマリが呼んでくれるだろう。その時になってから頭を切り替えても十分に対応できる。休暇中まで、遮二無二《しゃにむに》仕事のことを考える必要などないのだ。

仲間を信じているからこそ、完全に頭を切り替えられる。そんな簡単なこともわからなくなるほどに、シカマルは自分を追いつめていた。

一週間の休暇で、黙の国に行く前までの自分とそのあとの自分のなにが違うのかを、嫌《いや》というほど客観的に見ることができた。そのなかで見えてきたのは仲間という存在の大きさ、そしてなにもかも自分一人で背負おうとしていた狭小で尊大な己《おのれ》の間違ったプライドだ。

人は一人では生きられない。自分一人ですべてをこなすことができるほど万能でもない。

だから仲間がいる。

一人で背負おうなどと思うこと自体が間違っているのだ。

それがわかっただけでも黙の国に行った甲斐《かい》があった。

俘囚城でゲンゴに籠絡《ろうらく》されそうになった時、テマリの一撃を受けてすべてが吹っきれた。

己がなに者なのかという明確な答えが、あの暴風のなかで見えたのだ。

シカマルは基本、無責任な男なのである。なにごとも面倒くさく、本当ならなにひとつやりたくない。ボケッとしていていいのなら、何日でも喜んで腑抜《ふぬ》けていられる。

これが本来のシカマルなのだ。

それでいいではないか。

無責任でちゃらんぽらんな自分を認めたからこそできることがある。

夢がなく平々凡々に生きることを望む者の気持ちをわかってやれるのは、自分のようなヤツしかいない。それなりでいいと思うことがなにが悪い？　目的や目標をもって高みを目指すだけが夢ではないのだ。

戦乱がつづく世のなかではなかなか難しい夢かもしれない。

だからこそ自分がいる意義がある。

この世が平和になれば、誰もが穏やかに暮らせる世になれば、それなりの人生を望む者が、それなりに生きることもできるだろう。生憎《あいにく》シカマルは戦乱の世に生まれてしまった。だからこうして忙《せわ》しなく生きている。

これから先に生まれてくる者たちのために、この戦乱を終わらせなければならないのだ。ゲンゴのような崇高《すうこう》な想《おも》いからの夢ではない。志《こころざし》などという高尚《こうしょう》なものでもない。

誰もがのんびり生きられる世……。

創《つく》ろうとする者が肩に力を入らせていては本末転倒ではないか。

それなりに頑張る。

その程度でいい。

*

「今回は本当にご苦労様」

書類の束《たば》を机で叩《たた》いてそろえながらカカシが言った。

黙の国での一件の報告と復帰の挨拶《あいさつ》のためにシカマルは火影《ほかげ》の居室に来ている。

「現地に残っているサクラの現状報告書や、いのたちからの任務終了書で大体のところはわかった。療養中の鏃《ソク》や朧《ロウ》の口からも君の奮闘《ふんとう》は聞いているよ」

「奮闘……。ですか」

気恥ずかしい表現に眉尻《まゆじり》が自然とゆがむ。

ゲンゴの幻術を見抜けずに術に嵌《は》まりかけ、テマリに助けてもらってやっと目覚めることができ、最後の最後まで仲間に助けてもらった。一人で成《な》し遂《と》げたことなどなにひとつない。

「休暇の間にこれだけの報告書を書き上げなくてもよかったのに……」

言ってカカシが手にした書類の山に目を落とした。五十枚近くはある紙の束だ。さっき机で端をそろえていたのは、シカマルが書いた報告書である。

休暇の間に考えなかったのはあくまで現在進行形の任務や連合のことで、黙の国の一件のことは別だ。報告書をまとめることも忍《しのび》の務《つと》めのひとつである。休暇の間にこの程度の仕事をするのは当たり前のことだ。といっても一日一時間程度という軽い仕事である。

「目を通しておくよ」

溜息《ためいき》とともにカカシが報告書を机の端にある書類の山の頂上に置いた。その分だけ標高が増す。

　ぐらつく書類に目もくれず、カカシはシカマルへと視線をやった。

「君はこの里や連合にとってなくてはならない存在なんだから、もっと自分を大切にしてよね」

　なくてはならない存在……。

「めんどくせーなぁ」

　自然と口から漏《も》れた言葉だった。そんなシカマルの顔をしげしげと眺めて、カカシは笑った。

「もう大丈夫だね」

「えぇ」

　シカマルも自然と笑っていた。

「さてと……」

　カカシが首筋に手を当てて頭を左右に幾度《いくど》か振ってから、机の引き出しに手をやった。なにやら書類を一枚取り出すとそれをシカマルへと差し出す。

　受け取り、書類に目を落とした。そこにはBランクという赤い判子《はんこ》が押された任務の内容が明記されている。

火《ひ》の国の大名《だいみよう》の側近《そつきん》が雷《かみなり》の国へ国書を届ける道中に随行《ずいこう》し、警護にあたるというものだ。いまや忍同士の連合というつながりの影響で飛躍的に治安が改善され、二国間の往来は昔よりも格段にしやすくなった。本来ならば大名の近臣《きんしん》だけでも警護が事足《ことた》りるのだが、不測の事態のために忍を数名つけることになっている。別にシカマルでなくとも中忍《ちゆうにん》以上の忍であれば満足にこなせる事案だった。

「君には簡単すぎる任務なんだが……」

「カカシさん、ちょっといいっすか？」

カカシの言葉を右手でさえぎり、シカマルは言った。驚くような表情でカカシがシカマルを見つめている。

「久しぶりに君が〝カカシさん〟なんて呼ぶからびっくりしたよ」

「体裁《ていさい》や格好《かつこう》ばかり気にしてあるべき姿を捻《ね》じ曲《ま》げるようなことすんのは、もう止《や》めにしたんスよ」

「いいんじゃない」

うなずくカカシをそのままに、シカマルは話題を戻す。

「その任務なんスけど、別のヤツに任《まか》せちゃくれませんかね」

「どうして？」

「あ、明後日《あさって》なんスけど……」

目をそむけたシカマルの頬《ほお》が紅《あか》く染まっている。カカシが首をかしげながら次の言葉を待っていた。

「デートなんスよ」

「ぷっ」

噴《ふ》き出《だ》したカカシをにらみつける。

「まさか君がデートで任務を断《ことわ》るなんて思わなかったからびっくりしたけど、いいじゃないの！　行ってきなよ」

「ありがとうございます」

「青春ってやつだね」

目をつぶって腕を組んだカカシは、なん度もうなずいている。

〝それなりの人生〟は諦《あきら》めたんだ。

これくらいの息抜きは許してくれ。

「では失礼します」

部屋を出ようとカカシに背をむけ右足を踏みだした。

「シカマル」

呼び止める声に振りむくと、カカシが立ち上がっていた。

「いまの君なら少しはわかるんじゃないのかと思ったんで、もう一度聞いてもいいかい？　大人《おとな》になるってどういうことなのかなぁ？」

視線を天井のほうにむけ、しばし考える。そして頭に浮かんできた言葉を正直に口にした。

「なにかを諦めて、もっと大事なモノを見つけること……。なんて感じじゃないスかね。オレにはよくわかんないスけど」

「なにかを諦めて、もっと大事なモノを見つけることとか」

「ナルトみたいに子供の時からひとつのことに真《ま》っ直《す》ぐにむかってゆけるヤツもいるが、大半のヤツは悩みながらなにかを諦め、それでも歩きつづけて、そうやって最後にはなにか大事なモノを見つけてそれにむかって生きるんじゃないっスかね」

「なるほどね……」

「そんじゃオレはこれで失礼します」

腕を組んで目を伏《ふ》せているカカシに言って、シカマルは背をむけた。気恥ずかしくてこれ以上ここに留《とど》まっていられなかったからだ。

「楽しんでこいよシカマルッ」

扉を閉じる刹那《せつな》、カカシの明るい声が聞こえてきた。

「ありがとうございます」

届かない言葉をシカマルは吐いた。

〜みなを載《の》せて時は緩《ゆる》やかに流れて行く〜

オレに似たのだろうか?

生まれたばかりだというのにこの世のすべてを見透《みす》かしたように気だるい声で泣く赤子だった。

「大丈夫だ。自分がなにもわかってねぇってことに、お前も気づく時が来る。その時にともに歩むことができる仲間を作るんだぞ」

言葉などわかりもしない赤子は、一重《ひとえ》で切れ長な母に似た目を真ん丸にしながらオレを見つめていた。

「これからはもうめんどくせーなんて言えないな」

「少しくらいならいいさ。アンタが本当に動かなくなる前に、私がまた頬《ほ》っぺた張り飛ばしてやるから」

「あぁ、そうだな……」

名前はなににしようか?

「めんどくせー」

NARUTO－ナルト－
シカマル秘伝 闇の黙に浮ぶ雲

2015年3月9日 第1刷発行
2015年9月21日 第4刷発行

著者 岸本斉史◎矢野 隆

編集 株式会社 集英社インターナショナル
〒101-8050 東京都千代田区一ツ橋2-5-10
TEL 03-5211-2632（代）

装丁 川畠弘行（テラエンジン）
担当編集 六郷祐介
編集人 浅田貴典
発行者 鈴木晴彦
発行所 株式会社 集英社
〒101-8050 東京都千代田区一ツ橋2-5-10
TEL 03-3230-6297（編集部）
03-3230-6080（読者係）
03-3230-6393（販売部・書店専用）

印刷所 共同印刷株式会社

Printed in Japan ISBN978-4-08-703347-2 C0093

本書は書き下ろしです。